U0919868

小说家的散文

宁 肯 著

未选择的路

河南文艺出版社

·郑州·

图书在版编目(CIP)数据

未选择的路/宁肯著. —郑州:河南文艺出版社,2017.10
(小说家的散文)
ISBN 978-7-5559-0536-3

Ⅰ.①未… Ⅱ.①宁… Ⅲ.①散文集-中国-当代 Ⅳ.①I267

中国版本图书馆 CIP 数据核字(2017)第 116151 号

选题策划 陈 静
责任编辑 陈 静
书籍设计 刘婉君
责任校对 赵红宙
责任印制 陈少强

出版发行 河南文艺出版社
本社地址 郑州市鑫苑路 18 号 11 栋
邮政编码 450011
售书热线 0371-65379196
承印单位 河南瑞之光印刷股份有限公司
经销单位 新华书店
开 本 787 毫米×1092 毫米 1/32
印 张 9.75
字 数 183 000
版 次 2017 年 10 月第 1 版
印 次 2017 年 10 月第 1 次印刷
定 价 29.00 元

图书如有印装错误,请寄回印厂调换。
印厂地址 河南省武陟县产业集聚区东区(詹店镇)泰安路
邮政编码 454950 电话 0391-2527860

作者简介

宁肯，1959 年生于北京。主要作品有长篇小说《天·藏》《蒙面之城》《三个三重奏》《沉默之门》《环形山》。曾获得老舍文学奖、《人民文学》长篇小说双年奖，首届香港“红楼梦”长篇小说奖推荐奖。有作品翻译成英文、意大利文、捷克文。

目录

第一辑　城与年

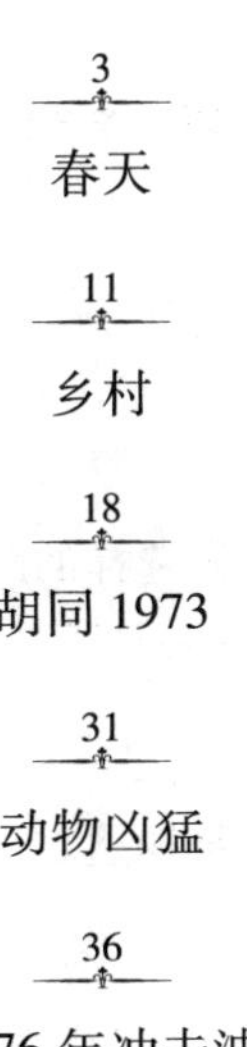

第二辑　西藏日记　1984—1986

第三辑　未选择的路

第四辑　旅痕

第五辑　我写故我在

第六辑　阅读

第七辑　词语 2014

第一辑 城与年

春天

1973年也没什么大事，对我却是划时代的——我上中学了。那是一所新建的中学，学校虽然年轻，但空间很老，是北京中学最老的空间之一，甚至比四中还要老。校园里有一些很大的树，一个老式的篮球场，青砖墁地，由于年代久远，许多地方已斑驳、颓圮，生着冬天的荒草，而青草也已露头。两幢深灰色带走廊的教学楼，与颓圮的球场显然同属一个时代。走廊为绛色绿色混搭，一如窗棂的双色；虽只有两层，却比现在的三层楼还高，并且是坡顶，顶上有装饰性的通风口，天窗；带格子的大玻璃窗透亮又阴凉，南北通透，两边都是玻璃。楼与楼之间有楼洞相连，形成一个整体。教室内部为正方形，高旷，有很大的吊扇，褐色的木地板油漆早已磨去，只在墙裙和角落里还可以看到一些；窗下同样是很老的暖气片，是一格一格的生铁，与宽大木质的窗台比显得特别有力，应是世纪初的暖气；黑板是墨绿色的，比起小学墙质的透着白底的黑板不可同日而语。

这个空间最早叫“五城学堂”，建于 1901 年，钱学森、张岱年、于光远、李德伦、于是之、赵世炎曾在这个空间读书。1952 年，“五城学堂”的部分校址改建为和平门中学，到 1973 年，也就是我上中学那年，和平门中学又一分为二，分拆出“北京 180 中学”，也就是我读的这所中学。当时不知道为什么要把好端端的和平门中学一分为二，后来才明白我们这一代人是生育高峰期的一代，学生太多了，人满为患。

同时，那年又改为十年一贯制教育，小学五年，中学五年，取消了“高中”。这样一来我们那年一下毕业了两拨人，六年级毕业生和五年级毕业生，一共二十四个班。分成了两个年级组，我们六年级毕业的十二个班为一个年级组，占了那两座古色古香的 1901 年的建筑。五年级毕业的十二个班占的是前院一座上世纪五六十年代盖的四层红砖楼。那楼长方形，又土又难看，跟我们所在的两座历史之楼没法比。仅就楼而言，你不知道时代是前进了还是后退了……

简易红砖教学楼前面是一个大操场，对面围墙外是河北梆子剧团，同样是难看的简易红砖楼。旁边是我们学校大门，紧挨着我们的是北京墨汁厂，墨汁厂原名叫“一得阁”，一度更名，上世纪 80 年代才又改回了“一得阁”。院墙外边的路是我们上学的必经之路，路边堆放着许多空瓶子，各种款式都有，用麻包包着，日久天长包不住，许多就裸露着，我们上下学没少拿瓶子，简直随便拿，厂里也不在乎，瓶子太多了。

那时，除了我们所在老建筑提示了一点传统，没有任何传统。二十四个班，两届混在一起，一切都在混乱（教育要革命）中成长。新生，新老师，新时间（事实上是混乱的时间），主宰了同样混乱的空间。

但无论如何比起小学还是不同。第一次跨进这个空间，我刚过十四岁，身高不过一米四，小个儿，圆脸，还带着小学全部的紧张，不安，羸弱，当然也有非常隐秘的兴奋与新鲜。没有因为上中学而有一件新衣服，仍穿着一件劳动布上衣，袖口和领边已磨破，不得不卷上点袖子，同时小心翼翼地打量着四周。

走进宽敞的好像到处都是玻璃的方形教室，让我没想到的是竟有新同学跟我打招呼，问我住哪儿、小学是哪儿什么的。我也学着问了对方，就聊起来。表面上不显，其实我内心非常激动，非常惊讶地感到一种平等——这种平等小学六年我都没感受过。可能因为陌生、不了解，反而平等？

平等即尊重，即大人了，是我上中学最大的感觉。或者也因为小学被不平等桎梏得时间太长了，才让我对平等那么敏感、激动，感到身体中的曙色，也因此我是那么机敏——那么机敏地抓住了这一点点平等。我们熟起来，成了朋友，尽管内心仍紧张，但我表现还算出色。我不知道这和新教室的空间、走廊、木地板、大玻璃窗有什么关系,是不是这种历史但又明亮的空间规定着一种人与人之间最初的东西?传统有时是无言的,就像这两幢老楼无言地说着什么。

女教师在小学没什么特别意义,与男教师无异,但在中学不同,对男学生有着特别的成长意义。现在已很难有像我当年上中学时那么年轻的女教师,记忆中的何老师,十七岁便站在了高高的讲台上,比我们这些男生也就大了两三岁。此外何老师完全是胡同口音,听上去特别亲切。那时老师里有不少外地人口音,纯北京胡同口音少之又少,因此甚至不觉得何老师像老师。

我们这些上世纪50年代末出生的人正值生育高峰,这一代人像洪峰一样到哪儿哪儿就紧张,学校紧张,老师紧张,医院紧张,没有不缺的,缺老师,缺设施,缺场地,以至一些小学改成戴帽儿中学。

何为戴帽儿中学?那时推行十年一贯制教育,即小学五年、中学五年,小学五年毕业了本应去上中学,但没那么多中学,就在原小学上中学,故称戴帽儿中学。我们上了六年小学有正式中学可上,但缺老师,于是何老师便从师范学校匆匆毕业,教了我们。本来习惯了小学女教师僵化的无性别的样子,对于姐姐相的何老师说实话还有些不适应,甚至有些担心:她能当老师吗?

但是我们很快适应了新老师,并且越来越喜欢。1980年我大学二年级的时候，便写了一本近十万字的回忆录，主要写了我中学时的经历，其中一往情深写到了何老师：“每当我们犯了错误她骂我们时，我们就假装老实得像猫一样，与其说是挨批评，不如说是一种享受。何老师骂我们忘恩负义，昨天刚说得好好的，今天又忘了，说到这时她的眼圈都红了。这时我们真的有些后悔，恨自己为什么管不住自己。批评完了，她的气儿消了，有时就会拿出糖让我们吃。我们不吃，她就塞到我们嘴里，骂我们傻德行。”

回忆录写到何老师几乎用家里的方式教育我们，管我们非常严，以至我们班各方面在学校里都是最优秀的，每天我们甚至排着队下学，走出校园，这在我们学校是唯一，甚至是那所中学的一道风景。我班有的男生个子已很高，走起路来晃晃悠悠，却像小学生一样下学，十分有趣。我们受到学校表扬，有些班学我们，但坚持不了几天就歇菜，走得也不如我们整齐。一有人学我们，我们的荣誉感更强了，每天走得像后来的天安门仪仗队一样。

不管一个人是否年轻，有多高的水平，用什么方法教育，教师工作最重要的一条是要有爱。有了爱，哪怕方法并不得当、水平并不高也会赢得学生。何老师不像老教师有经验、水平高，我们看得出来，所以我们就要为何老师争口气。如果学生能替教师想，就算不一定是教育取得了成功，但一定是爱取得了成功。但如果是爱取得了成功，还有什么不是成功的呢？

1973年4月,我上中学的第一个春天,何老师带我们春游。那时我平生第一次有了春游概念,以前虽有过自发行为,比如去护城河捞小鱼,抓蚂蚱,但只有行为没有概念——这不一样,概念是文化,是理性,而行为近于本能。只有本能与概念结合起来才是完整的人,才可称之为文化。

而且,是去颐和园,爬万寿山,游昆明湖。爬山,划船,这一切对1973年的我们都是前所未有的,事实上也是我们从少年进入青年的标志,我们不再是孩子,我们是大人了。小学和中学就是不一样,小学我们去八宝山(扫墓),中学去万寿山(游玩)。人还是有超时代的可能,何老师便超越了。

颐和园如画一般展现在我们面前,我们的青春与山水相看相映,我能感到一切都那么新奇。我们在画中游,在白色的石舫旁出神,一条湖边的军舰让我们无比兴奋。我和许多男生用柳条给自己编了一顶帽子,眺望山下时仿佛自己是老八路。在后河岸边,望着碧绿的河水,真想跳入水中,像小兵张嘎戴着柳条帽侦察一番。那时大脑中的想象力也就是这些,文明从我们记事起便已断开,只是一遍一遍看《地道战》《地雷战》《南征北战》,出现颐和园真是异端,但不知如何喜欢,如何想象。

何老师严令禁止我们下水,对我们的柳条帽倒也没怎么反对。何老师就在身后,她被一群女生众星捧月,宣传委员张丽丽拿着一台照相机——我也是第一次见照相机,招呼男生照相。我们谁也不照，你推我我推你，扭捏极了，现在回想起来也不知为什么那么扭捏，大概青春初期的男生就是这样，半生不熟，若即若离，不远不近，如果有时离女生太近了，就会有男生做不屑的样子快速向前或跑开。这样一带头，大家一下跟着往前走了，男女生两拨人又拉开了距离。如果谁单独和女生在一起就会被讥笑，瞧不起。换句话说更多怕的就是这个，因此没一个听宣委的，最后是何老师一个个拽男生，大家才合了影，到最后男生就等着拽，好像每人一份。

不划船是说不过去的，但是春游的人太多，我们到码头时船已租完。排队等回来的船是等不上的，因为往往半道就会被人截走，别人把计时应付的钱给你，你拿着船票最后结账，或再转手别人。那时的颐和园就是这样，许多人在离码头不远的岸上打问往这边划的人是否退船。

这事男生不再扭捏，似乎就该是男生的事。直到下午才截到了船，何老师让同学们先走，她和几个女生要到最后。我们兴奋极了，又是人生第一次划船，看早就看会了，一上船无师自通就划向湖心。后来听说出事了，何老师掉河里了，我们本来极度兴奋的心情一落千丈。本来兴奋了一天，最后以“悲剧”煞尾，谁也没想到，正应了那句话——乐极生悲。

现在回想起来也没什么了不起的，就是上船时，一直和何老师在一起的班委钟晚霞，一只脚踏上船而另一只还未上去船就离开了，已上船的何老师眼疾手快一拉钟晚霞，结果船瞬间倾斜，何老师与钟晚霞一齐落入齐腰深的水中。没有生命问题，但是特别扫兴。

我们赶快回到了岸上，何老师被女生围着，眼睛红红的，好多女生眼睛也是红的。我们心里非常难过，谁也没有说话，也不会安慰人。终于有人找到两套衣裳，何老师与钟晚霞去换衣裳。换回衣裳好了许多，精神也振作起来。何老师又笑了，说自己从没穿过这么怪模怪样的衣裳，像不像唱戏的。所有同学都已商量好，回学校谁也不许说何老师掉河里了，不能让外人知道，因为要是让外人知道了多不好意思！回来的路上，我们这些男生都表现得特别懂事，拿出男子汉的劲头安慰何老师，逗何老师笑，再也不扭捏。我们都老老实实围着老师，讲笑话，讲今天玩得多好，明年还来。我们突然长大了一些，就像某种植物一样，一场雨后拔了一节。

2016 年 5 月

乡村

1973 年夏天，野营拉练，新奇感胜过第一次春游。拉练与备战备荒、深挖洞广积粮有关，我们从头到脚都是绿的。年轻的何老师英姿飒爽，长发改短发，头戴军帽，像红色娘子军的连长，更成为我们的偶像。那个星空灿烂的晚上，我们齐刷刷站在操场上，肩背背包，班变成排，分列了二十几个矩阵。校领导为团级，下设营、连、排。每人都是一身绿，至少要做到上衣是绿的。背包打成“井”字，背包绳也是绿的，脸盆及备用绿球鞋也打在背包上，另有一个军用水壶。已基本分不出男女，全都一样。当然了，这是猛一看，实际我们分得非常清，一看就知道谁是谁。

何老师是排长，我们班变成了排，我们叫何老师也叫何排长，叫何排长时会拉长了声，说不清是喜欢还是新鲜。出发前外地口音的学校书记即政委讲话，口音很有点像《南征北战》戴皮帽子的政委的声音。然后是各营连排长发言，战士代表发言。操场上灯火通明，旌旗招展，誓师毕，全团四路纵队夜行出了校门，穿过了熟悉又陌生的城市，向郊外进发。

我们的目的地是北京市大兴县一个叫西庄的村，对这个地方我们完全没有概念，甚至像军事机密一样不能详问。从来没背着背包走在城市中，一度真的感觉像开赴前线，几乎有点悲壮，但又知道是模拟战争，因此一切实际上又有表演性质。为什么要拉练，原因不必探究，因为很多事情虽然原因荒谬，结果却未必荒谬，时至今日我也不觉得看起来可笑的浪费宝贵学习时间的野营拉练（后来变成每年一次的学农学工）是坏事，认识了社会、长了社会经验姑且不论，仅是对漫长学校生活的溢出，体会到不同的生活方式、生长方式，就有重要的甚至本质的意义。这就如同一棵树不能光有主干，还要有旁逸斜出的枝干，否则太可悲了。我并不是歌颂那个时代，事实上我一直在批判，我只是在厘清一些重要的东西。在我漫长的学校生涯中，学农学工拉练印象深刻，构成重要记忆：那仿佛另一个自己；像是他者，但又是自己。

过了黄村，天已蒙蒙亮，晨曦在无边田野上升起。如果说黑夜让人绝望，晨曦有时更甚，因为看到更远的要走的远方。已离开了硬路面，走上松软的沙土路，身上的背包更觉千斤重。队伍差不多自动停下，也不管是否吹了号，大家东倒西歪躺在了地上，而这时候号角也才响起。若是真的军队，这样当然是不可能的，但事实上已经相当不错了，大家真是累坏了，沙土地走起来难，躺下倒真是舒服，也不分什么男生与女生了，横七竖八，一倒地就睡着了。毕竟我们不过是十四岁的少年，童子军都算不上，一夜之间就成了“战士”怎么可能？再政治口号，声嘶力竭也没用。

再次起程，不走肯定也是不行的，被嘹亮尖厉的号声叫醒，摇摇晃晃站起，背起背包继续沙漠上的进军。问得最多的话就是还有多少里，甚至连何老师都问体育老师，每次体育老师都说“还有四五里”，后来才告诉我们是“四五二十里”。一步步量出的乡村，汗水与血水（血泡）淌到的乡村，当然是不一样，也因此到达目的地后，一下就爱上了这个小村。

这是一个半沙地的小村庄，后来所说的沙漠逼近北京城即是指这里。我们一个班也就是一个“排”住一个村，几个人一组分别住在老乡家，如同当年的八路军。村子不大，二十几户人家稀稀落落构成不规则的圆，树不多，不过与村外荒凉沙丘比算多了，而且有些树很粗很大，简直像是古树，说明当年树很多，村子也很古老。我们没有任何生态环保意识，对树不感兴趣，反倒对从未见过的沙丘特别上心，新鲜极了。沙丘像波浪像月球一样，并不是一点植物都没有，沙丘与沙丘之间也还有一撮撮绿，一种叫马舌头的四脚蛇跑来跑去。不，这不是纯粹的沙漠，但足以让我们惊奇。马舌头成为我们捉取的对象，捉住之后让两条马舌头咬在一起，放在光光的沙丘上，到死它们也不会松开对方。村外的沙丘是收工与饭后我们男生的乐园,不需要女生,女生才不敢来,就是男生的乐园。

我们同样见识了井水,这个村子那时连压水机也没有,吃水要到村边井里挑。义不容辞,给老乡挑水是规定动作,红军八路军解放军的传统。可我们稚嫩的肩膀哪儿挑得动水,但是挑,痛苦地挑,挑半桶,小半桶,不会前后挑就横着挑。横着如同一种刑罚,架势看上去太痛苦难受了。但还是挺高兴,新鲜,嘻嘻哈哈,几个人换着挑,照样把老乡的水缸挑得满满的。挑水本是男生的活儿,但有的女生也挑,甚至比许多男生挑得还好,真是惊人,挑起来像一种舞,让横着挑的男生无地自容。如果不是学农拉练很多事不会发生,许多生命信息难以传递,而少男少女也一定是在特定的环境里,才能充分地感觉到青春信息,身心也才丰赡自然。

乡村的夜也是新鲜的,它如此宁静,繁星低垂,天空比村子还亮,村子倒成为夜的轮廓,一处处黑黢黢的有些吓人。吓人就看星星,越看越亮,连银河都清晰可见。班长吕世秋与我同住一个老乡家,每天晚上都叫上我一起去找何老师,陪何老师一起查铺。那时农村连养狗的都少,我们穿过夜晚的村子,只在村外偶有一两声狗叫,听上去很新鲜。何老师查铺完全是她个人的一种责任,团里并没要求,主要查看是否熄了灯,有什么问题,谁身体不舒服,后来想想或许还有跟她的学生道晚安的意思。陪何老师查铺的还有两个女生干部，一个生活委员，一个学习委员。另外还有一个村里的复员军人，担任民兵连长，人很憨厚，有点害羞，很周到。女生宿舍没什么，都很安静，男生宿舍几乎没有一处安静睡着，习惯了查铺，都等着查铺，我们到一处总听到里面有故意弄出的响动，然后是低声的笑，忍不住大笑，总有更大胆更赖皮的男生伸出窗户跟何老师贫上两句，谁谁放屁他睡不着，然后被一把拽将起来，受何老师一顿训，才算舒服完事了。

跟着何老师一起查铺的人都是干部，只有我不是。我能看出许多同学的疑惑，就算我和吕世秋一个宿舍，但宿舍也还有别的干部。能检查别人，我已是事实上的干部，早晚是——我隐隐感到未来的前景。差不多十点钟，查完最后一处，就到村边了。刚开始查铺到这儿，我们就先送何老师和两个女生干部回宿舍，我和吕世秋再回，均由民兵连长护送，后来越来越熟，每次都要在月色中的一棵老树下坐一会儿，说一会儿话。都是年轻人，最大的民兵连长也不过二十出头，有股周到的英武之气，我们很喜欢他，有种温暖沁人的安全感，看得出何老师也很喜欢他，如同喜欢泥土或树一样。大家有说有笑，主要是何老师说，吕世秋附和，两个女生干部咯咯笑，我话不多，和民兵连长差不多。问到民兵连长他才说一下，说得很有条理。我只静静听着已很快乐，总是想我是谁？连个小组长都不是，却和老师班干部在一起，别的同学都睡了，我们却在这儿赏月，真是很特殊。

有人提议何老师唱支歌，大家一致赞同，何老师也没推辞，自然而大方地对着月亮唱了一曲《见到你们格外亲》。必须承认我没听过，也不知道这是马玉涛唱的歌，更不知道是大型舞蹈史诗《东方红》中的歌曲，至少五年以后这支歌才会在首都体育场重新唱起，唱得大家热泪盈眶，老泪纵横。何老师在 1973 年的乡村便已唱了这歌，声音那么饱满，不像平时何老师说话的声音，特别是那句“八年打走了日本兵”特别带劲。几年后，当我在不同场合听到马玉涛唱这歌时，不禁想到曾经的夜晚。月色之下，何老师唱完，我完全听傻了。尽管何老师只比我大三四岁，但她显然知道《东方红》，而我一无所知，全无概念，从第一天上学学习“毛主席万岁”，听说读写，我与历史就中断了，不知有汉，无论魏晋，我们是全新的一代，是“时间重新开始了”的时代，以前没有时间，以前的时间不算时间。但是好东西，哪怕稍好一点的东西放出来就会感觉特别好。历史是阻拦不住的，稍有缝隙就会流泻出来，何老师就是缝隙。何老师唱完让民兵连长唱，民兵连长羞涩片刻，可能受了感染，也大大方方唱了一首《伟大的北京》，是当时最流行传唱全国的歌，“伟大的北京我们为你歌唱，你是人民心中的心脏”，竟唱得也不错，但显然与何老师比是两个时代，是被允许的，当下的。没想到民兵连长唱完，何老师竟开了我一个玩笑，让我也唱一支。何老师甚至叫了我的小名“二庆子”，并且强调了一下，能听出玩笑的味道。何老师上课经常叫同学的外号、小名，有时大家哄堂大笑,非常亲切。我倒没任何羞怯与自卑,这个夜晚如此美好,让人动情,情不自禁,吕世秋和两个女生干部都唱了,我却依然没唱。我一支歌都不会唱,像石头里蹦出来的,如果非要我唱,我也只会唱"下定决心,不怕牺牲"或"一不怕苦,二不怕死"之类,在这个夜晚,根本没法张嘴。我和别人比,在那个时代缺了点什么,主要是我一个人生活,历史简单我就更加简单。

2016 年 5 月

胡同 1973

三位一体

戏曲，武侠小说，武术，三位一体。时至今日，也还没有一种文化比这样“三位一体”的文化对国人影响更大。我以为这三者像三根梁柱构建了我们民间的心理空间。诸子也好，唐诗宋词也好，程朱也好，明清小说也好，实际上是通过上面三位一体的通俗形式投射到民间的，在漫长的时间中高端文化与低端文化是一个水乳交融的过程，高端与低端接近完美的结合与自洽。其是非功过不是本文所能谈的，我要说的是即使“文革”期间，八个样板戏一统天下，上述的“三位一体”在民间也并未被完全打破。

传统戏曲自然缺席，但与传统戏曲同脉同构的武侠演义小说仍在口头上流行，“说唐”“隋唐”“水浒”“三国”“十八条好汉”

“一百单八将”“杨家将”“岳家军”“借东风”“空城计”,像日常用语一样不绝于耳。特别是到了“评法批儒”的 1973 年,传统文化以“内部资料,仅供批判”的变态形式又具有了某种合法性,传统戏曲如京剧昆曲虽未恢复,但与之一脉相承的武侠小说与民间的“尚武”已通行无阻,舞枪弄棒,压腿弯腰,要把式摔跤,不要说在广阔的乡村,就是在北京的胡同也死灰复燃。野火烧不尽,春风吹又生,形容 1973 年的传统文化也十分恰当。

北京,别看是首都,某种意义上是放大的乡土,与乡土文化有着千丝万缕的联系,仅从建筑格局上看,也不过是把传统乡村的院子一个个连起来,形成了胡同、街、巷、夹道,而乡村的井在并不久的以前,在胡同中非常普遍,在林海音的《城南旧事》中,胡同之井一如乡村。在许多旧文人看来,在全国范围,北京也是最有“乡愁”感的城市,比如郁达夫,他就说过只要在北京住过两三年,就会“隐隐地对北京害起怀乡病来”。不独中国人,外国人也一样,在北京住上几年同样也有某种强烈的“原乡感”,英国作家罗德艾克森曾在北大教书,离开后却还一直交着北京寓所的房租,老人家总巴望有回来的一天,其自传《一个审美者的回忆录》中,北京生活占了很大篇幅,仿佛在北京生活了几十年。

北京天桥堪称“戏曲、武侠小说、武术”三位一体的集大成之地,事实上也是乡村集镇文化的放大,虽然 1949 年后天桥消失了,但“天桥”的余脉始终在胡同中活跃着,“文革”中彻底销声匿迹，但到了1973年再度复燃。

胡同里许多蹬三轮的都有着天桥的“倒影”，上世纪70年代在北京虽然拉洋车的早已不存在了，但事实上三轮车代替了洋车，不拉人改为了拉货，是70年代北京重要的运输工具。自然，也像过去天桥一样蹬三轮的多来自底层，平时就是卖力气，养家糊口，眼睛毫无内容，如同三轮本身。

但也像南城总有民间传奇一样，种种原因，蹬三轮这一行的人也偶或有世外高人，甚至一看他们的眼神就不同，肌肉线条也不同，或者说这种人什么时候都不同。别看苦力负重，一招一式，举手投足，都透着内心的东西。哪怕他一身酒气，喝了半斤八两，你走近他都会感到一种从容的东西，与酒不同的东西，一种稳定的气场。唯一不同的是酒后他的眼睛越发亮，但也越发深不可测。的确，无论从事什么工作的人，只要有本事，最终都会内化为一种内在的东西。

王殿卿

王殿卿，此刻我在心里叫出他的名字仍感到一种四十年前的气场：他坐在围观的众人之中。他是核心，别看是蹬三轮的，这时却像个教主。他本不是我们前青厂的，是北柳巷的，我们两条街在琉璃厂画了一个十字，有一段距离，本来是互不来往的。王殿卿五十来岁，个子不高，身体挺拔。日晒雨淋的脸，手臂，胸，均铜色，手的肤色与脸完全没有区别，眉与眼黑得总像漫不经心。不穿背心，一条黑裤子差不多卷成裤衩的样子，盘腿一坐，稳如泰山，自成庙宇。过了很多年我才知道，“泰山”的师父李三站上世纪三四十年代在天桥撂跤界大名鼎鼎，1949 年后下落不明。时光到了 70 年代，王殿卿坐在众人之中，俨然就是当年天桥的他的师父。

我不知道跤场创办人小徒子当年是怎样认识王殿卿的，有一天在什么场合拜了师，有何种仪式，或者并无仪式，一切都不详。不过就像任何事都有必然性，比如可以反问：如果小徒子不是我们那一带顽主，一条七节鞭打遍几十条胡同，如果不是动辄小徒子身怀砍刀去和人碴架，如果不是种种“后文革”盛行的流氓性，动不动就“震”哪儿，小徒子会认识天桥出身的王殿卿吗？天桥并不单纯，流氓性与民间性并不好区分，这点在小徒子身上也同样并存着，但吊诡的是自从小徒子认识了王殿卿并拜其为师，打架反而少了，特别是开了跤场，请来了师父，小徒子就好像归了正果，再没打过什么架。或者用不着打了，流氓顽主最怕两种东西，官府不必说，再有就是真正的江湖——跤场或武馆这类殿堂，后者与前者有着千丝万缕的联系，同时后者又是前者的克星。戏曲武侠反映的是这样，现实有时更是这样，很多时候现实与文化已经互文，水乳交融，至少在 70 年代北京没变。

撂跤

小徒子是我叔叔的儿子，比我大几岁，71 届的，没赶上插队，十六岁初中毕业分到石景山热电厂工作。七节鞭、三棱刮刀、大砍刀都是小徒子在厂里偷着加工的，喜欢冒充部队大院的，一身国防绿，军大衣，绿帽子，别的都不新鲜，但七节鞭非常新鲜，区别于一般的顽主。一是铁棍做的，每节都有眼儿，穿在一起，舞将起来很像有功夫；二是七节鞭与三棱刮刀（俗称插子）有所不同，七节鞭是文化，插子不是，插子是纯粹的流氓工具。不知道我这个顽主的叔伯哥哥跟谁学的七节鞭，或者干脆是自学的？反正要起鞭来别人总要怕上三分。那年插队的人走了，留下年龄空档，小徒子先是在院里称王，然后打到街上，打遍附近的胡同，认识了很多人，分分合合，据说最远一次打到了海淀，那次据说纠集了上百人，最后没真正打起来，但小徒子的顽主地位大增，成为远近闻名的人物。

开跤场之前，小徒子就带领我们院里的孩子练武，压腿，弯腰，打旋子，翻跟头，走一些简单套路。套路也不算什么拳，就是七个招法，小徒子称为“七步拳”。七节鞭，大砍刀，七步拳，这些在访到王殿卿之前都不过是一些三脚猫的功夫，而我们院也就像书中所说的早期的花果山。等到小徒子访到了类似孙悟空的师父菩提老祖的王殿卿(甚至说让王殿卿收了去),在一个不知道的地方学艺,我们也像书中描写的觉得神奇。在我们看来小徒子怀揣七节鞭、大砍刀到海淀领头碴架已不可思议,现在又有了神秘的师父,说实话我们已有点分不清是书中的事还是现实的事,特别当有一天小徒子说已学有所成,我们激动得手舞足蹈,差点把小徒子抬起来。作为文本的民间和作为民间的文本,有时在我们的生活中已很难分清,也说明"三位一体"既是文化也是现实,某种意义上我们的心理始终有着神话特征。"后文革"的核心已不是"文革",而是"三位一体",是"水浒""三国""西游记",尽管每天还在读报、开会、阶级斗争……"世界还有三分之二的人民生活在水深火热之中",这些话语像另一种神话,都在空中,但两种神话并行不悖,人们照单全收,完全无碍……就是这时候小徒子要开一个跤场,要我们正式拜师。书上也是这么说的,我们觉得理所应当拜,封资修阶级斗争是另一套话语,与我们无关。

跤场本应设在我们院,可我们院太小,练功还算凑合。但这一点也难不倒小徒子,因为"顽主"小徒子的"领地"绝不止我们院,整个我们这条胡同这一带某种意义都是他的领地。小徒子毫不困难地选了距我们院有一大段距离的周家大院三号门前拐弯的一块空地,小徒子像美猴王一样率领我们这些小猴子拿着兵刃般的锹、镐、筢子、水桶,浩浩荡荡开进那片空地,松土,平整,洒水,做准备动作,压腿,蹲桩,举杠铃,走哑铃,盘杠子。没人管。

不仅没人管,每天还有许多人看我们,连街道革委会也不管。我们学习如何摔倒对方,捉对对抗,一招一式小徒子都非常认真。

顽主一旦认真起来还是有些不同,一方面他有一个“流氓”的形象,一方面又是民间英雄,让人既可怕,又可敬。没人比他更自由,他做坏事自由做好事也自由。生活中常常是这样,做好事更不自由,因此有些好事只有“坏人”才能做成。如果别的人占一块地方,搞个跤场行吗?肯定不行,别说街道积极分子、革委会,就是街坊四邻也会理论。

但是没一个人跟小徒子理论,自然也没人跟我们这些喽啰理论,而事情有时就是这样匪夷所思:人们不但默许了我们,后来还拍手称快——胡同有了天桥的味道,老北京回来了,又有看头了。

开始我们是“麻泥鳅”,就是光着膀子摔,围观的人也不太多。后来有一天,小徒子弄来一套崭新的褡裢,一种多层布制成的半袖帆布,好几层布叠在一起,匝了许多道线,构成结实的格子,又硬又挺,不怕拽不怕扯,每人还配了一条同质地的腰带。两件褡裢当时所需不菲,不仅昂贵而且新鲜,我们一穿上立马身价陡增,我们不再是玩闹,有了一种让所有人都惊讶的专业感,这条胡同、这附近何时有过专业感?两件雪白的帆布褡裢,甚至让整条胡同都有了一种专业感,让人不由得想到天桥。

另外,有了褡裢,摔跤的方式用的招式也不一样了,过去两个人往往一上来就搂在一起,扭来扭去,寻机使绊儿,现在不同了,两人先要转圈，摆动膀子、手臂，俗称“斗手”。斗手是摔跤的第一个环节，有许多讲究，首先不能轻易让对手抓住你的褡裢，同时想办法抓住对方，而抓住对方的刹那间“绊子”就得使上，也就是说“斗手”到使绊儿直到摔倒是连续的。这样的“绊子”我现在还记得的就有“披”“崴”“脑切子”“穿裆靠”，甚至“跪腿蹬肢”。这都需要褡裢，光膀子麻泥鳅使不出这些招。

再有，“斗手”事实上要有把式的功夫，与武术一脉相通。最主要的是要快，连续，疾如闪电，变化多端，浑然一体。我个子小，单薄，“斗手”若不快，一旦两人纠缠起来总是处于下风。特别是遇到大个子有时会被人提起来，脚跟离地，虽不一定被摔倒，但很不好看。因此我特别需要快，喜欢褡裢，一旦抓住对方，不管有没有把握“绊儿”都要立刻使上，往往不是你死就是我活，几乎具有赌徒特点。

不过这样太烈，对抗性太强，平时练习或自家人对抗我不怎么这样玩命，“斗手”适可而止，架上再说。但若有什么情况，比如有其他跤场的人来踢场子，“慕名而来”“学习学习”“切磋一下”，气氛往往紧张，而我由于有弱、慌、疯递进的特点，总让我第一个上场，探对方虚实。谁愿第一个上场？谁都不愿，而且整个胡同里人都看着呢，见有人来“切磋”，围观的人比平时多好几倍，里三层外三层，水泄不通，一上来就输了多难看。但小徒子觉得我输了不难看，我就是去实验的，投石问路，而由于我的特点说不定还能有点奇迹出现。我说过我的特点是紧张、慌，因慌而疯而烈，而有种同归于尽的玩命的特点，我往往一上去还没看清对手就扑上去了，“脑切子”，或“穿裆靠”，或“披”，通常被高手或身大力不亏的人随便一闪一拽就扔在脚下，个别时候由于我似闪电的“慌乱”，一下把对手摔倒。即便一击得手，之后对手有了防备，我也是一路败绩。除非是第一跤把对手给摔蒙了，我也有“见屄人拢不住火”的特点，像某类蛐蛐，越战越疯，直到结束也不清醒，不知怎么就把对手摔得一塌糊涂。这种情况少，很难有一回。我有时被称作勇猛，但我深知我的勇猛是出于恐惧。很多年后我养了一只勇猛的小狗，发现它的勇猛也是出于深深的恐惧，它非常敏感，神经质，看到不熟悉的狗就颤抖着神经地冲上去，一如当年的我。而我们家的小狗也是虽然“勇猛”，但更多时候却被踩到脚下，一动不动。

师父来了

我们也去别的跤场“切磋”“指教”，这更让我恐惧。还是我打头阵第一个出场，由于更恐惧，也更慌，更疯，头脑不清，输得很惨，赢得也漂亮。如果一次不赢，也不让我打头阵了。无论输赢，事实上都不知怎样来的，如果说这是动物性，我承认我有着动物性，但毫无疑问不是狮虎，甚至也不是一般的狗，而是我后来养的那种西施与马尔基斯串儿的小狗。我对这种狗了解甚深,我不知道本能与恐惧到底是一种怎样的关系,在什么情况下恐惧有助于本能,什么情况下相反,而小徒子骂我的话与夸我的话常常自相矛盾。

宣武公园也有个跤场,或者是当时北京最有名的跤场。由于跤场开设在公园内,四周是古木,跤手与师父看上去颇有些古风。围观的人也多,但秩序井然,某种意义像一幅从未改变过的民俗画。公园坐落在槐柏树街,距我们所在的前青厂胡同有一段不短的距离,中间隔着宣武门外大街。宣武公园在北京不是有名的公园,也不是什么老公园,原为京城善果寺旧址,1949 年前已颓,变成城南有名的乱坟岗子。1949 年后差不多与治龙须沟一个时期迁走了乱坟,重修善果寺,在旧址以及周围陆续种了万多株树木,堆山建园,亭椅散落,成为森林公园。如果不是因为摔跤,我可能永远也不会到这里。那天我们跤场的人可以说是倾巢出动,三轮车与自行车混行,浩浩荡荡,小徒子骑三轮车带队,至今我能记上名字的就文庆、七斤、抹利、二喜子、小迪迪,这些人不光是我们院的人,也有胡同里的人,他们也都是小徒子的徒弟。

让我们意外的是,这次在宣武公园跤场,我们见到了师父的师父,传说中的王殿卿。我们再惊讶不过,知道了小徒子原来在这儿学的艺。我看到在昏黄的街灯下光着膀子的王殿卿,古铜色,盘腿,卷着烟与两个年纪相当的老人坐一起。看来这儿是祖庭,我们的师父小徒子不过是在我们那片又建了一个庙。见王殿卿如见神一样,我们个个诚惶诚恐。看来这儿的“民间”恢复得更早,林彪一死或许就恢复了,这些蹬三轮的高手,出身很好,什么也不怕,又有天桥的渊源。这是不变的场景,戏文或武侠小说的某些场景也不过如此。绝不能说武侠小说是编的,这个场景让我们如梦如幻。我的叔伯哥哥、师父小徒子到底是有实力的顽主,见过世面,有海淀那样的碴架还不算见过世面吗?我们都缩手缩脚怯怯生生,可我们的师父除了对他的师父恭敬有加,跟其他人都落落大方,毫不怯场,谈笑风生。特别是他又带了一帮大小徒弟,身份又有所不同,介绍我们时称“自家人”,让我们“师爷、师叔”地喊了一通。

或许出于礼貌,师父小徒子这次意外地没让我第一个上场,让比我大一岁的文庆先上的场。我的“疯”无论输还是赢对哪方面都不好,这儿不是一般的地方,也就是说我在这儿是上不了台面的。我特别高兴这样安排,感到从未有过的喜悦从容。文庆比我稳重,人长得也是模样,因为营养充分又刻苦练功练出一身漂亮的肌肉。我那时干瘦,没有肌肉,怎么练都没“块儿”。文庆上完是抹利、二喜子,无一例外都输了,输得自然。最后是小徒子上场,赢了两阵输了一阵。在这儿他怎么可能全赢呢?不可能的,即使如此已经非常不错。确实,小徒子除了是有名的顽主,其功夫在这儿也堪称一流,这让我们信心大增,见了世面。见世面不光是看别人,也看自己。

或许后来我们的跤场越来越有声有色,有一天我们的师爷王殿卿移驾我们的跤场,像尊神一样盘坐,以至我们的胡同都仿佛升高了一块,而且这一来再没有离开。无疑小徒子也做了不少工作,或者小徒子本身的分量也足以让师父移驾,从那天起每个晚上都能看到人群中古铜色的他,他是中心,中心的中心。有时他酒气很大,喘气很粗,偶尔会越过小徒子亲自指导他的徒孙。第一次接触师爷的身体让我大吃一惊,他的身体那叫一个硬。哪儿哪儿都硬,手,臂,肩,腹,胸,腿,处处硬得像岩石。而他漫不经心看着你的目光正好与身上的力道成反比,让你迷离,有如听着天籁。你不知道怎样理解他的话,他的指导,但是又有特别的感受。你的紧张的目光与身体是统一的,但在师爷那儿不是统一的,如果石头也会发出光亮那就是师爷的眼睛。他让我紧张,但不再慌,他传导了一种不明的东西,让我终身受益。他的硬度,漫不经心的目光,手臂,胸,腿,让我的身体像云一样。不仅是如何使某一种"绊子",关键让我找那股"劲",精气神,我那时不能完全体会出来,只能是照猫画虎。但是有一种东西在我身上种下来,我无法形容这种东西,深不可测,难以言说,我不能直接说其中有某种哲学的东西,但肯定是有奥义的。他蹬三轮,普通得不能再普通,远远看和任何苦力任何蹬三轮的没任何不同,可走近了他就是不同。

我摔了三四年跤,一直不了解他,只能是感受他。

又及:过去,我很少记述这段生活,甚至忘记。作为文人它就像我人生的一块飞地,属于我,实际上又好像与我无关。真的无关吗?一切都太有关了。

2016 年 5 月

动物凶猛

假如一个人快十五岁了,还没正经读过一本书,或者甚至连小人书也没读过,假如他的"处女读"是《水浒传》会有什么结果?再假如,其时正赶上"黄帅事件""反师道尊严"会怎么样?还有,在漫长的如石器时代的小学如果他一直处于压抑状态……这些因素合在一起会怎样?

俗话说,"少不读'水浒',老不读'三国'"。为什么要"少"不能读"水浒"?有没有人追问过《水浒传》到底是一本什么样的书,成年人就可以读吗?当然,不是说不能读,而是"水浒"或"三国"从"人学"角度真的算是文学吗?它们和"人"到底有什么关系?在非"人"上它们占了我们多少文化基因?我们和这两部书到底有什么关系?

这些都是不能深想的。

1974 年,我十五岁时,读了我人生的第一本书。我记得当

《水浒传》放在我枕边时,我有好几天都没碰它。我已习惯了没书读,习惯了书从来和我无关。那时院里的小伙伴文庆和我睡一屋,我们家平时没大人,平时院里许多孩子都到我们家和我就伴睡过。文庆比我大一岁,已能读厚本的字书。那个许多年前的夏夜,文庆在我身边读《水浒传》,也让我读,可我翻了翻就放下了,就好像我不属于人类。此外书是竖排,繁体,人民文学出版社刚出版的,为"评'水浒'批宋江",批投降派,实际上是批周恩来。那时哪知道这些,就知道可以读四大名著了,当然书的一角仍标为"内部"。

我还是愿让文庆给我讲书,他给我讲过《平山冷燕》《桥隆飙》,好像还讲过《大刀记》,我都特爱听,平如衡、山黛、冷绛雪、燕白颔,特别冷绛雪和山黛两位听得我心旌摇荡。我让文庆给我讲"水浒",文庆懒得讲,就给我读。读和讲不一样,读着读着我竟然睡着了。

这次,文庆死活不给我读了,让我看。没办法,"鲁智深倒拔垂杨柳"让我心痒,想知后面的事,有天下午,我奇迹般地在书中找到这段硬是读起来。那个午后,一切都太神奇了,我竟然读懂了,并且一发而不可收。我感到了书的魔法,尽管已十五岁,我有时竟分不清现实和书,我觉得我在同鲁提辖一起拳打镇关西,与武松一起血洗狮子楼,与拼命三郎石秀一起跳楼火烧祝家庄,同李逵一起杀虎,一起骂:"招安,招安,招甚鸟安……"后来我当了班里的“军体委员”，虽然也招了安，但我觉得我比宋江强多了……

此后一发不可收。我大体读的都是武侠小说，有时一读一个通宵。我总是不断找发黄的竖版繁体字的“古书”，读完还讲给同学听，以至班里的女生悄悄给我起了“考古”的外号。我一点也不反感这个外号，我对班里的女生从来不理不睬，总是摆出一副望天的样子，古板，深不可测，女生给我起的这个外号事实也含有这个意思，能感到其中的费解与神秘。

1975年，经常地，在上学的路上我和几个同学凑几分钱，到商店买七八支烟，有时在铁胳膊胡同，有时在九道弯，我们靠着墙斜挎着书包吞云吐雾，吐烟圈，一个，两个，三个，看着数。我吐得不是最圆的，后来有一天一个同学说你们丫臭大粪，现在女的才吐烟圈儿呢，男的都吐烟棍穿女的烟圈。我们欣然接受，不再吐烟圈，改吐烟棍。可烟棍实际上更难，别说再穿烟圈了，我们谁也没做到，后来不了了之。

我们几个都剃了光头，叼着烟，大摇大摆地在街上走着。

班里从农村转来一个学生，姓关，我们都叫他“关农”。关农的家住大栅栏附近，有一次关农说胡同里几个小子劫了他，我们一听火冒三丈，立刻出动，带了家伙，一帮人就去了他们胡同，到了挑头的那小子家，把那小子臭揍一顿，还砸了他们家东西。不断换班主任,谁也教不了我们班,教不长便忽然消失。后来一个从东北兵团回来的家伙接了我们班,一米八几的个子,往讲台上一站,不像老师,像威虎山的人。姓星,我们叫他“腥鱼”。开始我们一伙掂量了几天,没敢动。他说的话有些是黑话,我们听得出来,琢磨如何应对。当然不能就此罢了,只是看。有一天我们一伙人中的 L 被“腥鱼”随便找碴儿训了一顿,让 L 滚,L 不出去,“腥鱼”动了手。忍无可忍,我喊了一声:“上!”我们五个最抱团的一伙狼似的扑上去,一下扒在了星老师高大的身躯上,星老师一个转身,我们一下全倒了——他绝对有点功夫,最主要是他太高太壮了。我爬起来立刻又冲上去,特猛,真像小狼一样。教室大乱,桌椅倒地,“腥鱼”的衬衫被我们扒下来,露出胸毛与肌肉。直到学校教育组来人方才平息。来了也就来了,有师道尊严盯着,处理不了我们。“腥鱼”也不要教育组介入,把我们留下来,说黑话,讲起哥儿们义气,说不打不成交,要请我们吃饭。始料不及,受宠若惊,我们一下全傻了。老师与我们从来是不可调和的,现在居然和了,我们不知如何是好。

政策对我十分优待,上课爱来不来,想走就走,不用交作业。总之只要平安无事,课能上下去,怎么都成。我踏实了很多天,来来去去,挺没劲的。“腥鱼”抓紧时间做瓦解工作,找我谈了几次话,完全平起平坐,讲一些特浅的道理,我觉得也对,还夸了我几句，说我这人本质特好，说到我心里去了，我的确本质非常好，现在也这样认为。但话说回来谁本质不好呢？星老师最后以“军体委员”一职相邀，我简直不相信自己的耳朵。事实上我知道这样“闹”下去并不好，但我已破罐破摔，什么“好”的东西都不再想，也没法想。现在听说让我当干部？干部，那都是好学生才当的，难道我是好学生了？小学时别说当干部，就是最普通的谁都要入的红小兵都一直不让我入，现在我要成五大班委之一了？凭什么？我当然明白老师在利用我，“军体委员”是什么？除了负责体育上操整队，还要负责最难的打铃进教室，但我还是轻而易举被“招安”了，并且激动异常。

我成了宋江，当时就感觉到了这一点，觉得怪怪的。而且我真的管起弟兄们来。谁上课捣乱我先不干了，都知道我狠，但我呢，也是无师自通地又打又拉。官面我弹压他们，底下我们又混作一团，抽烟，打架。我不能失去他们，拥兵自重，贼性难改，说反就反，这点和宋江不同。而“腥鱼”也远比朝廷好，总是把我哄好。课我上不下去，就开始看闲书，看的书也和我当时的处境非常相似。

2016 年 5 月

1976年冲击波

1976年，作为一个闹将，我的时代结束了。这一年周、朱、毛先后辞世，“天安门事件”爆发，“四人帮”倒台，历史像那年的唐山大地震一样震动，新时代的兴衰际遇开始了。为了肃清“四人帮”的流毒，把被耽误的时间补回来，学校把学生重组，分成“快班”和“慢班”，以便教学。虽然没有明说，但谁都知道这是把学生分成了“好生”和“差生”，差生等于被放弃了。

我们一向如此。“文革”也何尝不是如此？

我们的历史从不考虑个人感受，历史是历史，人是人，历史构成人，人并不构成历史——人根本无法迎接历史。如此简单分法，对人，特别是对成长中的少年是一种大而简单的、甚至不能再简单的伤害。而我们就是这样简单，一方面人称为最可宝贵的，一方面人又算什么？前者抽象，后者具体。而我们也从来是这样：两句话中往往后一句才是真实的。

即便如此，我还是特殊了一点，那段时间我看着班主任，有一种说不出的劲头。结果，像我预料的那样，我没被分到差班。我应该去，但是没有，按学习成绩我分到差班是首个人选。或许我余威尚存，也或许作为"军体委员"——"招了安"的宋江，我还有些利用价值。

我非常落寞，我的一大群弟兄分到了差班。我想他们怎么那么没用，让去差班就乖乖去了，还乐呵呵的，他们不守规矩，但骨子里还是奴隶。我是吗？我觉得我不是，至少老师没敢动我。但我还是受到很大刺激，主要是我赖以存在的土壤没了，在全班的"好"学生面前十分孤立，且不伦不类。而且，我的作用大大减弱，不用维护课堂纪律，不用轰人们打铃进教室（这是很难的）。我颇有些孤家寡人的味道。

我依然站在队前整队、出操，喊"稍息、立定"口令，可论现在最重要的价值标准——学习，我差得不知哪里去了。我还可以像从前那样不交作业吗？考试有人给做？数学、物理、化学我一窍不通，一头雾水，上课如听天书，课本翻来翻去如傻子一样。一种无可名状的感觉几乎让我主动要求去差班。我在好班干什么呢？除了出丑，不就是让人窃笑吗？

我只有沉默，硬着头皮像过去那样低头看闲书。

我曾偶然看过一本苏联小说《人世间》，想起那部小说便找来重读，一下入了迷，带上了自己的感情。许多天我沉溺其间不愿出来,不愿见人,不愿上学,就想一个人和一本书。

《人世间》讲了一个养蜂将军的故事,将军被强迫退休,无所事事,靠养蜂打发时光。虽是个养蜂人,可毕竟还是将军,仍有一辆自己的伏尔加牌小轿车(想到自己,我有什么呢?)——这点特别打动我。

养蜂人怀念自己的过去,回想自己被强迫退休的情景,终日发呆出神,反反复复听一首叫《路拉》的歌。当我读到"把一个人从他熟悉的岗位上强行拽开,就像把一个饥饿的婴儿从母亲的乳房上强行拉下","他出神地望着天花板,老泪纵横,万念俱灰",这样的描写切中我当时的心境,禁不住我的眼泪也下来了,也望着自己家的纸顶棚。一天,语文老师布置了一篇命题作文,叫《在党的十一大召开的日子里》,要求写一件好人好事。哪有什么好事,我正"万念俱灰"呢,做梦梦见有了一辆伏尔加。

我不想写,也知道自己写不好。但也有一种隐秘而强烈的冲动,幻想在自己身上发生奇迹。我做开了梦。我决定自行其是,写我的梦想,拿出纸笔就编起来。我想象自己被分到了差班,写了一个叫王琦的故事。我没有任何作文的概念,《人世间》写了一个养蜂人(名字我已忘了),我就写了一个王琦。王琦过去不爱学习,但是个孩子王,一直过着骄傲的生活,"四人帮"粉碎后他的骄傲生活结束了,被分到了差班。王琦为此感到耻辱,悲愤,想发奋努力,把被耽误的青春补回来,但为时已晚,自己被社会无情地抛弃了。王琦破罐破摔，仇视前班主任，甚至对班主任图谋不轨，但最终自怨自怜，只是一个人孤独地回忆，每天“望着天花板，万念俱灰”。有一天过去的班长找到王琦，谈了一次话，鼓励他，希望帮他补习功课。班长过去曾被王琦保护过，王琦有困难了班长希望报答。班长的深情与赤诚打动了王琦，王琦开始发奋，学习成绩大长，最终回到了快班。

四百字的作文纸，我竟然一口气写了十一页，语句不通，但情节清晰，我为自己写下这么多字而激动，但激动只是一小会儿，马上就被不安代替，好像如梦方醒似的：这是老师要求的作文吗？甚至这是通常的作文吗？我这么瞎编乱造老师能允许吗？作文交上去了，我忐忑不安。我过去何时为自己的作文忐忑不安过，我都觉得自己好笑，因为我从不会写作文，也没怎么写过作文。

几天过去了，我已经完全灰心，为自己的不切实际不合要求伤心。特别想到自己总是出格、走不上正路，就更加伤心，不禁想为什么我总是不和别人一样呢？是不是我有什么毛病？当然，还有一丝侥幸心理，老师到底怎么看呢？那一天来了，我从来没那么忐忑不安，我看到老师手里拿的正是我的作文。别人用的是作文本，我用的是作文纸，我没有作文本。我的作文放在一大摞作文本的最上面。老师姓宋，中年人，后来才知道他毕业于复旦大学中文系。他烟抽得特凶，嗓音沙哑，一上来就提到我写的作文，说是一篇特殊的作文，没太多说什么，说先给大家念一下，大家听听。

宋老师操着南方沙哑口音一字一句念我的作文,所有人都凝神谛听,我看到人们略微惊讶的表情,能看出他们从没听过这样的作文。一共念了有半节多课,然后开讲。宋老师把它定义为一篇小说。我简直如堕五里雾中,我的同学也差不多和我一样,这在 1977 年中学语文课上那样的环境里,简直像神话。宋老师一点未批评我没按要求写作文,相反给了我“优”。这是我人生作文得的第一个优,也是在所有方面得的第一个优,对我意义重大,至今是我人生中最大的奇迹。我的“小说”被拿到别的班去念,拿到全年级去念。我从一个有名的差生,一个闹将,一夜之间成了一个作文明星。

那些天发生了许多事情。有一天一个其他班的语文老师把我叫到办公室,好奇地看着我,问我作文里的王琦有没有模特。我完全不知道什么叫模特,一脸蠢相。老师姓杨,当时的穿着过于讲究合身,前挺后撅,很摩登的,我们都叫她“大雕”,其实现在想起来很正常,但当时她有些出格。此外她说话还多少有点口音,表情丰富,说话总是配合着表情,有点洋气。我们叫她“大雕”实际上反映着我们的贫乏,时代的贫乏。

杨老师解释说模特就是原型。我似懂非懂,说实在的,太差了,太野生了,缺乏文明最基本的东西,我想了半天也不明白老师的意思,依然一副蠢相,我从老师脸上读出了失望的表情。她本来很好奇的，或者想跟我聊点什么。其实如果跟杨老师熟悉起来，也许我可以跟杨老师谈谈《人世间》，谈谈它怎样在我身上附体，事实上是一篇模仿之作，将那位被强迫退休的苏联将军，打扮成了分到慢班的“王琦”，也就是我。我和那位将军都是被历史撕裂的弃儿。但当时，我真的能说出这些吗？

一切都是在神奇中发生的。1973 年我哥哥从山西插队回来，在北京上了大学，会拿回一些书。还有一些“内部参考”书，《人世间》就是一本。但这本书不是给我看的，对我来说是偶然的。哥哥也会从图书馆给我借一些书，多是演义、武侠、革命战争小说。二哥上大学对我至关重要，一孔文化之光会打进我们家，《人世间》像其他内部参考书不属于我，但就像流星一样极偶然也会击中我。时间太久了，至今我不知是怎样神奇地读了它，并且一旦读进去感觉大不相同。这是我中学读的唯一一部外国书，但就是这唯一的一部作品决定性地影响了我。足可见，真正的以“人”为中心的文学作品与读者天然是一体的，这一点多少部武侠演义小说也做不到。

《人世间》大约并不算是一部名著，一直也不知道作者是谁，多年后回首往事才在网上查了一下这部作品。尽管只有几条，尽管只是在别人的文章中偶尔提到这部书，尽管没有专门的介绍，但仍让我大吃一惊。网上有这样一条雷颐先生的文字：

1973年前后，与沙米亚京《多雪的冬天》同时流行的几部书还有：柯切托夫的《你到底要什么》，谢苗巴巴耶夫斯基的《人世间》，尤金邦达列夫的《热的雪》《岸》。“文革”一代处于一个特殊的年代，普遍没有受到过良好的教育，思想也大多受潮流影响，真正独立思考的人并不很多，但是由于那个年代普遍的失控和混乱，也使一小部分人因困惑怀疑而发奋读书，从而独立思考，许多人都受到了这批小范围内部流行书的影响，可以认为是“文革”中的启蒙。

《人世间》原来是这批书中的一本，那批书可是大名鼎鼎，影响了一大批人，而我是最早受到的启蒙者之一？历史有时体现到一个具体的人身上就是这么神奇，像上帝偶然安排的。那么我是怎样得到《人世间》的呢？现在完全记不清了。那么《人世间》在那个混乱年代究竟给了一个少年怎样神秘的影响？难道我的思想起点已经从读谢苗巴巴耶夫斯基就开始了？我不这样认为，我那时只有感受，潜移默化，不可能有思想，但事实上这也正是真正的文学对人的作用。潜移默化——《人世间》给了我一种人的东西，人性的东西，让我具体感知到历史宏大叙事中的个人的痛苦，使我关注到自己的内心与灵魂，并让我在冥冥中以感同身受的人性角度，超越了当时的历史叙事与意识形态，比如“在党的十一大召开的日子里”那种叙事。我不能想象如果没有《人世间》，我能否超越，能否写出关注个人痛苦的作文，甚至小说。

想想在读《人世间》的前后我都读过什么书吧:《小五义》《大八义》《三侠五义》《平山冷燕》《说唐》《隋唐演义》《水浒传》《三国演义》《西游记》《说岳全传》《封神演义》《平原枪声》《敌后武工队》《大刀记》《桥龙飙》《铁道游击队》《沸腾的群山》《金光大道》……

我不能说这些书对我没有帮助,某种意义上有很大帮助,但是它们缺少文学中最关键的东西:人,人性,复杂性;人的情感,情感的深度;心理,心理的恒定真实与瞬时的真实。而我所读到的革命与武侠演义、历史的风云际会,其中个人是微不足道的。我有着原生的血性——这是我当时只能读到的中国文学作品所给予我的,同样,我也有着能意识到的内心深邃、细微的人性痛苦,这是《人世间》给我的启发。无疑后者是文学之道,文学之途,一部《人世间》孤立其中,如此的偶然,却决定了我。

有价值的东西有时真的不需多,一点即可。说到底有价值的东西必来自心灵,来自心灵对心灵的打动。苏联文学尽管像我们一样受着强大的历史叙事与意识形态左右,但它毕竟有着强大的人文或人道主义传统,有着普希金、列夫·托尔斯泰、契诃夫、陀思妥耶夫斯基的文学丰碑。即使斯大林时期仍产生了肖洛霍夫、帕斯捷尔那克、索尔仁尼琴、阿赫玛托娃、茨维塔耶娃这样伟大的人道主义作家和诗人,反观我们,我们产生了谁呢?《沸腾的群山》《金光大道》《智取威虎山》?我无意贬低我们自己,但我的确在上世纪80年代四顾茫然,我们不荒凉吗?

特别是80年代初,俄罗斯、欧美文学大批涌进来,我像发现新大陆那样如饥似渴地读名著,越读心里越难过,越读越觉得汗颜,感觉我们是被整个世界抛弃的孤儿。我们有多么荒凉就有多么孤独,当我读到《百年孤独》的时候,我感到我们的孤独远胜于拉丁美洲的孤独。假如我二十岁之前读过巴金、茅盾、沈从文、老舍、曹禺、张爱玲,我的孤独感是否会少一些呢?我想是这样的,但是我的整个阅读基础是在十年"文革"中度过的,我根本不可能读到祖国文学的精华,仅有一个鲁迅也成了一个政治符号。

80年代的外国文学之于我,无疑是荒凉之上的圣殿。从1979年我上大学开始,差不多长达十年时间,包括在西藏的两年,我都在读外国文学作品,小说,诗歌,传记,哲学,随笔,甚至书信。我上的是分校,走读,那年我能考上一所大学分校已实属不易,多亏了林乎加先生爱惜人才扩大招生,才有了我的大学生涯,我相信那年上分校的一万八千多名学子永远会记住林乎加,感谢林乎加。我读的那所分校是由一所中学改成的,没有图书馆,临时搭建了一排活动房当作阅览室,大量进书,订杂志,包括《世界文学》。

书都是崭新的,主要是外国文学,就是在那样一个简陋环境里(当然也常去北图),我读了难以计数的外国名著。像《九三年》《悲惨世界》《红与黑》《多雪的冬天》《大卫·科波菲尔》《约翰·克利斯朵夫》《唐璜》《被缚的普罗米修斯》《当代英雄》《爱丁堡监狱》《复活》《红字》《洪堡的礼物》《安娜·卡列尼娜》《鼠疫》《老人与海》《城堡》《审判》《局外人》《橡皮》《鱼王》《喧哗与骚动》《百年孤独》《二十条军规》。我读得慢,仔细,悉心,如《安娜·卡列尼娜》,我的日记就有这样的记载:

1981 年 10 月 12 日　读《安娜》,认真仔细,托氏的作品有时很沉闷,开篇总是很精彩,天才的匠心,但就整体结构来说总给人一种堆砌感,事无巨细,冗长唠叨,典型的庞大笨重。但从细部来看,托氏塑造灵魂的天才是无与伦比的,特别擅长刻画人物动态的思想意识活动,他的细致漫无边际。

1981 年 10 月 14 日　《安娜》上部终于读完了,心灵正是在这样的承受着细致的漫长的苦读下成熟的,我相信这样的苦读精读对于我的益处将是深远的,对我的感觉器官更是一个成熟的促进。

在西藏的两年中,重读《喧哗与骚动》,也有这样的记载:

1986 年 6 月 16 日　重读福克纳《喧哗与骚动》"班吉明"一章,尽管读来那样恍惚,却有一种感人至深的气氛,凯蒂的性格鲜明感人,极可爱,她是傻子班吉明生命的源泉、灯盏。虽然本章写了几个人的死,但因为有了凯蒂,这是"爱"的一章。"昆丁"一章没读完,觉得颇艰涩乏味,不好,太像福克纳本人的样子。

读文学名著使我获益匪浅,尽管90年代我没怎么读书,甚至也放弃了写作,但1998年再回到文学毫不感觉吃力,一下就上手了。我想是由于那个十年苦读,特别是在西藏两年,那种天上人间如在无人之境的阅读,已如血肉般长在我的身体内部。十年悉心苦读我想应该是可以造就一个人了,我想就算我有着十年"文革"的废墟,在这废墟之上我已建立了一座圣殿。我会继续沿着人道主义的方向研究人,发现人,表现人,正如一位哲人说的:历史对人的定义下得越宏大,我们对人的研究就应该越精微——我想这是我读外国文学感受到的一条道路。这条路实际上早在我读《人世间》就隐秘地开始了。《人世间》可能至今算不上一部名著,却是我人生道路上最早的一盏灯。

2016年5月

北京图书馆

1971 年,北海公园关闭,直到 1978 年 3 月才重新开放。没人知道当时为什么关闭,没有任何交代,后来历史大幕拉开一角,才知道是江青、王洪文等少数人占据了北海,公园成为他们“革命”间隙休憩的地方。谁说那时没有腐败?或者腐败得不厉害?这是什么性质的腐败?个人把一个著名的公共场所即所谓的人民公园据为己有,历朝历代有吗?

但我要说的不是这件事,是北京图书馆。主要是二者离得太近,一栅之隔,大的空间上看北海—北图可以看作一体。如果坐在阅览室靠窗的位子,伸个懒腰或休息一下眼睛,即可望见北海碧波荡漾,轻舟影斜,琼岛春荫。特别是冬天的雪,银装素裹,白塔显得更加素白,换句话说北海的四季就是北图的四季,没有对北海的记忆,北图的记忆是不完整的。

北京图书馆原名京师图书馆,建筑本身即是一部书,是古代社会向现代社会转型的空间作品，后来再也找不到如此完美的结合。从北海刚一过来，右手一扇并不宏伟的朱门，但标志性的主楼气度不凡，裙楼分布两侧，形成两个面积很大的天井花园。主楼为汉白玉雕栏、石阶，类似故宫的某个大殿，龙雕显示着东方气度，整体建筑平面造型为“工”字形，预留了未来发展空间。仿木钢筋混凝土架构，其细部做法合乎清代营造则例，内有数千种不同年代的地方文献资料，从宋代最早形成规模的方志影印本，到方志发展鼎盛时期的明清两代古籍，从最早馆藏南宋辑熙殿、明文渊阁到清内阁大库的藏书，尽显古代风流。内部功能设计灵活多变，现代气息化为无形，集借、阅、藏三位一体，打破了古代“藏书楼”封闭办馆观念。读者、书籍流动起来互为通道。配楼阅览室与半地下书库，以木旋梯上下连通，方便取书。阅览室和研究室环境幽雅舒适，光照充足，瓦当屏风又提示着历史与时间。馆内花园有个小门，可直接走进北海，一见碧波与神秘的白塔，但我从没找到过这个传说中的小门。

北海重开，北图也像重开一样，那些年谁没来过北海—北图？它们无法分开，是那个年代京城最主要的地标，是精神的最高殿堂，最美风景，留有最多的记忆，且这记忆与历史相通。三千年未有之变局，但不管怎么变，北图的地标都像是定海神针，何时走到这里，都有一种走进庙堂的感觉，天不变道亦不变，都要有一种从容，心静。无论走府右街也好，走南长街也好，走景山后街也好，走五四大街也好，四面八方的人向这里汇集，那时有多少人在向心的路上？

以至常常未开门已排起了长队。排长队进图书馆当然也不正常，正常的是这里安静，外面看不见什么人，你以为没人，但里面总有人。总有人走上台阶，或从台阶下来，穿过花园、广场……排大长队是因为历史的堵塞，十年浩劫之后，书是最让人饥渴的东西。

书荒是那些年最大的荒，真是荒。艾略特的《荒原》那时影响为什么那么大？因为不必知道诗的内容，仅仅书名这两个字就够了。

而我的情况也还有点特殊，1978 年高考落第，正想去当兵，北京大办分校，三百分以上全部录取，我又被收进大学。学校原是一所中学，坐落在北京南城一个叫西砖胡同的小胡同里，稍大点的车都开不进来，离法源寺与伊斯兰教协会的大绿包都很近。每天我们像胡同里的小学生、中学生一样上下学，小小胡同混合了三级学生，也算当年的一个奇观。

我上的学校叫北京师范学院第二分院，中文系，其他还有化学系、数学系、历史系、物理系。就这五个系，有的系只有一个班。中文系人最多，有六个班。整个教学楼满满当当我们这一届学生，再没多余的空间，以至第二年无法再招生，第三年也是，到我们毕业时，这所大学依然只有我们一届学生，我们自称是独生子，毕了业学校也停办了。

学校没有操场、宿舍、礼堂、主楼、阶梯教室，没有图书馆、草坪，更没有水面、树林。没有实验室、报告厅，甚至于没有教授——靠教室内的闭路电视教学。只有一个四层楼，一个篮球场。

尽管如此，我却没有任何怨言，相反觉得非常幸运。

像我这样的人，底儿那么潮，无论什么大学能上一所也算奇迹。

走读也挺好，既然每天穿过这个城市，我不妨把整个北京都看作我的大学，就如同高尔基的大学，而北京图书馆也就理所当然成为北京这所大学的图书馆。

每每走进北京图书馆，站在汉代瓦当屏风处，以及具有空间感的连接半地下书库与阅览室的木旋梯上，我都有一种深邃的大学感。窗外的北海比之未名湖甚至东湖如何？每每在北图感到一种巨大的安慰。特别是我立志于写作，作家不需要培养，无须教师，书与图书馆就是最好的老师。唯一遗憾的是这儿不是一个人一所学校的图书馆，是所有人的图书馆，每天来看书的人太多了，平时还好，一到周日就得拿号。为了一个好的座位，比如靠窗的座位，早上五点多就得起来，排在前边的有选择座位号的特权。

回想具体的借阅过程，每一个细节都有岁月的温度。通常拿着借书证先到主楼一层选书，这里有许多带有小抽屉的柜子，抽屉里有许多卡片，每张卡片上记有书名、作者、出版社、内容简介。有字母排序，一个字母是一类，抽屉是大类，字母上是小类。很多时候并不知看什么书，而是翻类，觉得是想看的书就记下编号，上到二楼借书的地方送上编号，传送带把书慢慢从书库传出，管理员将书送达手中。拿到书绕过二楼的天井，就可以到环境幽雅的大阅览室尽情阅读。阅览室的长条桌上有绿色灯罩的台灯，天阴或光线暗时，打开台灯可以清楚地看书，即使天气好也有人开灯。

西配楼是另一个独立借阅区，这里的书刊不能借回家看，只能在阅览室看，闭馆送回。与主楼不同，这里设计简单，阅览室与借书处一体，选好书到柜台上交给管理员即可。进门处同样有许多卡片柜子，上面排列着许多卡片抽屉，抽屉上标明文学、艺术、历史、音乐类别，拉开抽屉里面依然是更细分的卡片，旁边有借阅单，选好书，填写好借阅单，交到柜台即可以在座位上等书了。这里用学生证即可借阅，通常拿学生证换座位号，学生证押在阅览室前台，走时候再用座位号换回。我更经常来这里借阅，因为这里可以借到最新的杂志。我要呼吸的是当代，杂志便是最当下的呼吸。特别正是思想解放时期，必须了解当代，呼吸当代。当代与名著，我在这里保持着交叉阅读，如果我不选择文学而是选择做学问，我会更多选择文津楼借阅，那儿不仅环境好，而且是中国古典文献宝藏。在那儿可以两耳不闻窗外事，是真正的做学问之地。我相信那里做出的学问是大师级的学问，哪怕没有师承。但我要的是原创，是从古至今的原创，包括国外的原创。我需要将曾经禁锢的一切窗子打开，那时流行着罗曼·罗兰在《贝多芬传》中的大声疾呼："打开窗子吧！让自由的空气重新进来！呼吸一下英雄们的气息。"贝多芬是冲击那个时代最强的人之一。

我就不一一列举在这儿读到的书了，你可以想象北京图书馆是一个怎样的世界。

当然，一个年轻人，面对这样巨大的世界也会感到孤独。但孤独并不源自书，书没问题，孤独源自自身，青春。我二十出头，青春发育完好，而这儿并非真的我所在的大学的图书馆，因为这儿没有同学、校友、老师，这儿全是社会人、陌生人。但这儿又同样都是年轻人，都在发奋阅读，实际又有共性，有共性就不免产生共同体的感觉，不免想入非非。如果旁边坐着一个女孩，余光常常不由自主映现一种类似海市蜃楼的东西，心就有点乱。公共场所，读书的女孩总有一种唯美，一种莫名的动人，仿佛她们应该在自然界，但在这儿就更是神奇。如果偶或对视一下，内心就更是轰然，但还要装作若无其事，并且知道这是虚妄的。这样的情况是经常的，并非同一个女孩，今天是这个，另一天是另一个，一次次海市蜃楼，一次次自生自来，有时非常强烈，虽然一整天都在阅读，某种东西却挥之不去，如影随形，在图书馆的穹顶之下难以自已，突然崩溃。直到女孩消失，第二天也未见，症状才彻底消失。我太清晰地记得那种周围全是人的寂静与孤独，那种青春相关却又毫无关系地各自绽放，空间飘荡着花粉，绿又是一种无可争议的沉默，只得死心塌地回到书中。有时读书的效率很低，恍恍惚惚，一天就过去了。为什么那么怀念北图，为什么温暖而百感交集，因为那里不仅仅是阅读，因为就算是读的书也和现场关联，普希金的《驿站长》，莱蒙托夫的《当代英雄》，拜伦的《唐璜》《希腊的少女》，汤显祖的《牡丹亭》，王实甫的《西厢记》，李商隐，秦观，济慈，雪莱，一切都和青春相关，一如眼前的读书少女，窗外的碧波、烟树、白塔……多么青涩、迷幻……

但青春实际上又是一个慢慢凝固的过程，因为如此迷幻，所以凝固之后才依然那样富有生命力，外表像石头，内心依然敏感，“石头虽然坚硬，可蛋才是生命”，一句摇滚歌词说明了那时的青春，图书馆的青春。

永远感谢北图的阅读，因为那不仅仅是阅读，还是生长。我不知道那时如果一头扎进古典文献会怎样，比如先秦、诸子百家、《左传》、《资治通鉴》、王阳明或程朱会怎样，我相信也一定不会比我作为一个作家差，或许更有所成也未可知。北图不会辜负人，会成就各种凝固青春的人。

北图斜对面，有家朝鲜冷面，不知各位还记否？泡北图，中午填肚子总是问题，如果不带饭，中午简单的吃食只有去那儿，那是附近唯一的一家餐馆，没第二家。之前它好像不是餐馆，只是个早点铺，有一天，忽然就改成了“朝鲜冷面”，很简单的几个红底白字，没一点文化却引来无数学子。这是 1979 年，或者 1980 年的事，最迟不过 1982 年的事。如果它不是京城第一家朝鲜冷面，也是最初几家之一。面馆面积不大，七八张桌子，远远不够来人坐的，人们只能站着，堆在门口，或就在门口吃，远远看去这儿就像蜂窝一样饱满热闹。冷面有诸多特点，经济，快捷，凉爽，筋道，有一片苹果，一片牛肉，一瓣鸡蛋，营养也有了。无疑是一种文化，是足以对应北京图书馆的那种文化。说是斜对面，其实还是有些距离的，出了北图，得沿文津街往西走，过了宗教局，到府右街丁字路口才是面馆。尽管如此，学子们还是源源不断向这儿走来。

另外，出来吃饭要退掉座位号，回来可能就没座位了；要重新排队，有了空位才能再进去。不过对于图书馆的常客也还是有所照顾，图管员基本已认识你，软磨硬泡，千恩万谢，也可不退座位，也可打破成例。读书苦其实有时就体现在中午。感谢那时的管理员，那时总有一种人性，一种变通，在经历了劫难之后，都有一种同情，一种悲悯。即使有规定，但能忍心一个如饥似渴的阅读者饿着肚子阅读吗？能忍心他回来就没座位了吗？特别又是常客。

后来北图搬迁到紫竹院，改名叫国家图书馆，北图的宫门一样的大门关上了，有点像当年北海的关闭。当然不一样，但感觉仿佛一样。这儿不再是我的地方，我曾那么熟悉的地方，一下变得如此陌生。紫竹院的国家图书馆我拢共去过不超过三次，喜欢紫竹院，却一直喜欢不起来国家图书馆。有时路过北海老北图，却没一次尝试推一推沉重又沉默的大门。应该和老北图告个别，但是怎么告呢？于是最后一次去国图，算是向老北图告了别：一种双重的告别。上世纪 80 年代也是一个告别的年代，甚至不是一个怀旧的年代，就是告别。90 年代之后至今又路过许多次老北图，一次见到挂起白牌，写着“北京图书馆分馆”，觉得像是某种玩笑。干脆什么也别标了好不好，要么干脆改成北平图书馆，或者只叫“中国图书馆协会”也行，反正只当北图没存在过岂不更好？叫分馆我不接受，如同一个人可以是别的什么人，但不能既是别人又是自己。我想说的是，我当年的北京图书馆无可代替，我的饥饿，我的青春，都在那儿保存着。

虽然再没去过老北图，但“图书馆”这一符号已深深嵌入我后来的写作，我的五部小说都出现了书的主题，有三部直接写到图书馆，图书馆成为我的小说中不可或缺的内容，甚至情节的发动机。我最新的长篇小说《三个三重奏》干脆写了一个人一生最大的梦想就是建一个自己的图书馆，而他居然建成了，在这个人看来，那所有存在的都已存在于书中，他不必来到现实之中，甚至不必拥有现实——这不就是当年我在北图的情形？你凝视过什么就会被什么塑造，凝视过虚无就会被虚无塑造。

2016年5月

美术馆

美术馆的外置长廊高旷，凉爽，由于修竹的翠绿使反光的石质有了浓浓的阴影，置身其中，阳光无论多么强烈，都感到一种大反差的幽深。有一次我靠着石柱竟然小睡了一会儿，醒来感觉颇为异样：我，美术馆，修竹，本是一个画面却又在迅速分解，我能看到自己如何使画面不断分合。修竹显然是最贴合人的植物，许多巨大的公共建筑都有松柏一类的绿植，但都不如竹亲切，人民大会堂，历史博物馆，天安门，都缺少一种竹的妙境。竹既具东方的灵性兼具西方的抽象，或许这也正是美术馆的不同之处。

现在都叫国家美术馆，我们那时就叫美术馆。

美术馆坐落在北京五四大街上，“五四”已有很长年头，但作为街却很短，不过一站地，是一条从故宫筒子河斜过来的街，西头带着一小段弯曲，一如历史的弯曲。五四大街及周边分布着景山、北海、北京图书馆、北大红楼、故宫、五四书店、三联书店、商务印书馆、人艺、中华书局、华侨饭店，太多的历史地标让这条街难以撼动，成为今天看来北京变化最小的一条街。美术馆在这些地标中历史是最短的，却有着不亚于北大红楼的特殊意义，在这个国家从禁锢到苏醒中扮演过独特角色。

我不记得自己第一次走进美术馆的时间。不是小学，也不是中学，我的小学和中学是在“文革”中度过的，那时没有美术，也不知道美术馆。应该是 1979 年我上了大学后，“人”开始苏醒，美术馆才进入了我的视野。我清楚地记得 1980 年，春寒料峭，不仅季节春寒，时代也如此。我站在一幅名叫《春》的作品前伫立良久，许多人也像我一样默默伫立，观众里三层外三层，想一个人慢慢看根本不可能，几乎每幅画前都如此。不能用现在的心态看那时，事实上那时也没人想一个人静静地看，那时大家就是想一起看，一起共鸣，那时所有人仿佛都从“荒原”走来，都到了“海边”。

这幅画正好是海边，是一个共同的蓝色的场，甚至连呼吸都是共同的。所有人都是一个人。现在看这幅《春》也许没什么，但当人们在刚刚从史前般的“文革”还原为“人”，唯美的《春》，没有任何政治宣传的《春》在人们心中石破天惊就一点也不奇怪。或者就如同十年不让你照镜子，突然照见了自己，那是怎样的心情？那自己如同一个去掉镣铐的人，一个刑满释放人员，一个流浪归来的人，一切都如春，春天，大海，波涛翻滚……

《春》的画面是一个海边少女的背影，背影总是让人想看其正面，让人遐想，自己完成正面。少女一身整洁的白色衣裙，两条长辫披肩，面对大海，拉着深棕色的小提琴——大海与少女、与音乐，似潮起潮落，一切怎不令归来的人像冉阿让一样缄默。当然了，回忆时刻都在伴随。

不必回忆，旁边就是一幅——《1968年×月×日雪》。

这是又一张大幅油画，同样里三层外三层的人。画面描绘的是武斗场面：雪，血——无谓的血，混乱的血，恐怖的血，青春的血。这些“血”与春天海边拉提琴的少女构成两极，构成了对话，追问，反诘。这是1980年全国美展最引人注目的一幅画，非常直观，是一切归来者的刑场，怎不让人缄默？因为有纯美少女的存在，苦难变得深沉、沧桑甚至善良……这便是1980年，现实本身与表现方式都带着雨果的维度。这样的美展不是看画，而是看思想，艺术技巧居于次要位置，因为一切都太迫切，太沉重。

如果说上面两种震撼之外还有一种更深的震撼，那便是《父亲》。《父亲》超出了隐含的雨果，指向了更复杂的东西。我们的现实与历史很难用一种东西统摄，刚刚建立的一种东西很容易因另一种东西而坍塌、解构，据说后现代主义的一个思想来源，便是中国的庞大与不可把握性，1980年中国与后现代无关，但并不表明与这种思想无关，反正不管怎么说，因为罗中立的《父亲》，我觉得《春》与《1968年×月×日雪》都变淡了，刚刚建立的模糊的雨果的东西突然无所依凭，对某种东西产生了根本的怀疑，包括对自身。问题不在于我们如何面对《春》《1968 年×月×日雪》，它们是真实，但还不是立体的真实，不能解决《父亲》提供的东西，因为每个人看到《父亲》都看到了最深刻的自身。一种神话被彻底打破，画面与其说放大了“父亲”脸上的每一个细节，不如说放大了我们每一个人的灵魂。“父亲”的脸一如我们文明发祥的黄土高原，皱纹一如沟壑，晶莹的汗珠就是我们晶莹的灵魂。那只手，沟壑构成的手，干裂的嘴唇，无法发出声音的牙，一切都诉说着什么，却老实得什么也说不出。甚至他手中的粗瓷碗也说着什么，但什么呢？他自己说不出。只能别人替他说，但别人也无法说。碗没有水，干裂，见底，此时只能让人落泪，冉阿让再缄默、善良，此时也不能表达父亲那样的善良，无主体的善良，一生的希望都寄予了别人的善良。

但父亲得到了什么？这是真正的史诗，一张肖像概括了整个时间，概括了所有的言说，这就是画的力量。据说《父亲》参展前叫《我的父亲》，评委吴冠中认为用“我的”太小了，应该把“我的”拿掉，就留“父亲”。吴冠中是对的。美术馆不仅仅是美术馆，还是祭坛。

1980 年时间过得飞快，跨度极大，一年的时间仿佛过了许多年，以《父亲》《春》《1968 年×月×日雪》为代表的现实主义作品引起的轩然大波还处于巅峰，我甚至以为艺术到此为止，不会有超越了，结果一场现代主义作品展又把我抛在时间的旋涡中——“星星美展”，让我目瞪口呆。从现实主义到现代主义跨度只有一年，地球的转动好像仅仅为中国加速，美术馆仿佛变成天文馆，斗转星移，又是一个时代。事实上，看“星星美展”前一分钟我还沉浸在《父亲》的震撼中，一分钟后又一个时代。

当然，“时间”如此之快也和我的个人情况有关。我上的大学是个条件简陋的分校，走读，年龄大的同学占多数，缺少背景，特别珍惜勉强得来的大学机会，绝大多数只是刻苦学习知识，思想保守，狭隘，行事按部就班，总想把过去损失的时间夺回来。殊不知思想更重要，思想不往前走知识有何用？尽管我算学校的活跃分子，仍不知社会上发生的许多事，即使后来知道了也慢了好几拍。许多事是我凭直觉撞上的，摸到的，比如“星星美展”。

“星星美展”登堂入室，进入美术馆展出之前，有许多艰难的事，但我全然不知。它与《今天》有关，但我甚至连《今天》也不知，还是在“星星美展”上才知道了《今天》。我不知道一年前，也就是 1979 年美术馆“建国三十周年全国美展”，馆外公园的铁栅栏上，就挂上了许多大大小小风格怪诞的油画、水墨、木刻画、木雕作品。据说这是“星星”的首展，有二十三人提供了一百五十余件作品，《今天》的成员参与了策展活动，并且将诗挂在了美术作品边上。这次展览期间有艺术家被拘留，作品被没收，尽管如此，残疾人马德升仍面对五百人演讲，主要成员黄锐发表了宣言。1980年夏“星星”成员努力使自己合法化，成立了“星星画会”，向北京市美协正式注册。画会主要成员为黄锐、马德升、钟阿城、薄云、曲磊磊、王克平、艾未未、严力。正是在多种因素的作用下，美术馆第一次向来自民间的组织打开大门。

1980年8月31日，当我走进美术馆，偶然遭遇“星星美展”，对上述一切一无所知，因此就像遭遇了一场陨石雨，完全惊呆了。

我感觉像来到了另一个星球，完全陌生，首先完全看不懂，比起《父亲》《1968年×月×日雪》，更不用说《春》，不明白怎么会有这样怪诞的作品。我被王克平的木雕吓坏了，那枣木色拉长的脸，不可一世的气度，一只眼大，一只眼模糊不清，那变形的蛮横的嘴，武装力量的帽子，像谁呢？似曾相识，像某个人但又都不是。你不懂，但又像是懂，不言而喻，不用说出。一幅有关长城的画，完全不是熟悉的长城，与民族象征无关，竟像锁链一样。锁链的意象极大地震撼了我，旁边配有江河的诗：我把长城放上北方的山峦，像高高举起的锁链，像刚刚死去的儿子，它还在我手中抽搐……石破天惊的文字，匪夷所思，这可是1980年，距阶级斗争的语言还非常近。北岛、芒克、顾城、江河、舒婷都有配诗，北岛的一句“星星永远是星星吗？”也让我内心轰然，而当时这些人的名字我一个也不知道，不明白怎么一下子冒出这样的语言，这不是与那个时代同日而语的语言，几是另一个星球的语言，却又分明属于这个国度。

我回到画展的《前言》前，长久伫立：

> 一年很快融进历史。我们不再是孩子。
>
> 我们要用新的、更加成熟的语言和世界对话。艺术本身是一种标志，表明作者有能力抓住美在宇宙中无数反映的一刻。那些惧怕形式的人，只是惧怕除自己之外的任何存在。世界在不断地缩小，每一个角落都有人类的足迹。不会再有新的大陆被发现。今天，我们的新大陆就在我们自身。一种新的角度，一种新的选择，就是一次对世界的掘进。
>
> 现实生活有无尽的题材。一场场深刻的革命，把我们投入其中，变幻而迷蒙。这无疑是我们艺术的主题。当我们把解放的灵魂同创作灵感结合起来时，艺术给生活以极大刺激。我们决不会同自己的先辈决裂。正如我们从先辈那儿继承来的，我们有辨认生活的能力，及勇于探索的精神。我们在新的土地上扬鞭耕耘。未来必定是我们的。

这一天，就语言而言我和许多人一样还是旧时代的人，但今天，这短短的数百字已将我内心的语言更新，也将我所处的时代更新。我一遍一遍读着前言(出自北岛之手)，内心升起诸多火把，连最远处最暗处仿佛都被火把照亮。我甚至环顾四周，觉得这是中国吗？中国怎么会出现这样的文字？我觉得新的历史向我走来，并与我个人的历史重合。当晚我记下了这样一篇日记：

1980年8月31日，星期四　下午到美术馆看“星星美展”，虽然有许多画看不懂，但我却很喜欢。画，大部分色调暗淡，意义很隐晦，但给你极深的印象，使你觉得这里有某种深不可测的力量。我的心感觉强烈，使我思考。中国人灵魂的火，在这里用一种变形的艺术爆发出来，一反古老的传统，有朝气，有力量，使你既深沉，又强烈，思索一些你头脑并不清楚的问题。总之，它让你思考，尽管不知在思索什么，你感到心充满要爆发的力量，通过变形的夸张，造型的怪奇，色调的突兀、怪诞，表达了一种强烈的火一样的情思：对丑恶的批判，对美好的赞扬，对光明的追求，对传统的挑战，对黑暗的控诉，要求解放，向往自由。总之，星星美展，对我总的感觉是强烈、强烈，有力、有力，就是说，不能这样生活下去，要变，要变，中国人的灵魂要来一个大翻身，要在我们古老民族的灵魂废墟上，建立起崭新的民族之魂，未来属于这一代年轻人，中国人从此站起来了！星星呵，启明的星星呵，你是太阳到来前的先导，在黑暗中，你给了人们最初的一线光明，让我们满怀希望地在心中迎接那光辉太阳的腾空！

这是我三十五年前的一篇日记。三十五年，至今读来心中依然怦然。这一天个人与历史重合，历史的心跳也是我个人的心跳，历史的音乐也是我个人的音乐，这已不是美术而是历史，应该不叫美术馆而叫历史博物馆。但这又是美术馆，是真正的“美术馆”——真正的国家美术馆。一个国家,像一个人一样在反思自己,这在整个人类历史也不多见。

2016 年 5 月

第二辑　西藏日记　1984—1986

1984 年 7 月 30 日　星期一

今晚,在拉萨记下这不平凡的一天。像不可思议的梦一样,两个小时以万米的高度(从成都)跨越了一千三百公里,飞临世界之巅,饱览了千山万水,俯瞰茫茫云海,从群山到群山,从江河到江河,从雪峰到雪峰,从一个世界到了另一个世界——拉萨。而后乘汽车由贡嘎机场沿雅鲁藏布江一路颠簸,沿途藏族男女老少不时闯入我的视野,我终于目睹了被传说打扮得神秘、陌生、野蛮、古怪的藏族儿女,我为那些传说、歪曲而愤愤不平!当沿途的几个藏族儿童或是妇女、老人朝我们频频挥手,那满脸的笑容显得那样朴素、善良,我心中涌起巨大的爱的呼唤,我的眼潮湿了……好吧,这是一个序言,让我慢慢地,一字一句,开始记录这里的生活……

1984 年 8 月 3 日　星期五

上午,来到布达拉宫,仰望,无法用语言表达……倒是布达拉宫脚下满目的石片让我亲近一下,可以用手摸一摸。据说每年来此朝圣的人在围绕布达拉宫转完经后,临了必扔下一块石片,久而久之这里便堆满了这种刻有经文的石片。今天目睹了这一景象:大小不一的岩片一层一层地摆开,最上面还有牛角,牛角上也刻有经文。当我正好奇地端详这些有文字的石片牛角,忽抬头看见前面三个藏族妇女站在一处石台前摆弄着什么,我好奇地走过去,心里还怕引起她们的反感,结果她们见了我只是不好意思地笑了笑,继续她们的事情,我放心了。石台满是灰烬,灰烬上面放了一些类似树枝的草。一个背小孩的妇女胳膊上挎着一个竹编篮子,篮子里满装着一种草。我好奇地问她是什么草,这是在做什么,她用藏语回答了我,可我一句也听不懂。这时,旁边一个年轻的姑娘忽然轻轻地用汉语对我说了一句:“就像烧香一样。”她说得那样清晰、自如,我真是高兴得不得了。于是我又从她口中得知这是一种香草,制香的原料,她说这草非常香,买不起香,所以干脆用香草了。正说着,背孩子的妇女划火柴点草,草还青着,划了好几根火柴也没点着,于是我拿出了一张废纸要递给她,这时香草砰地一下着了。燃着了香草,她又从篮子里拿出一把铜壶,围着香草浇了一圈类似牛奶的东西,因为我刚刚在前边喝了一杯,于是马上说道:“这是青稞酒吧?”那妇女见我居然知道是青稞酒,非常高兴地点点头。这当口,年轻姑娘又指着香台上一小撮白粉对我道:“这是糌粑粉。”“哦,糌粑粉。”我连连点头,姑娘说:“神吃,我们也吃。”好幽默！我们一齐笑了。围绕布达拉宫的这种进香台有许多个,这里的进完了要进下一个,分手时我向她们挥手致意,她们也都挥起了手笑着同我作别。布达拉宫进香这一幕给我留下深刻的印象，藏族是一个多么善良、友好的民族啊，我望着她们的背影不禁感叹。

1984 年 9 月 23 日　星期日

一清早，我的学生们就穿着漂亮藏装到了学校，然后，排着整齐的队列，打着队旗，唱着歌，向着两条小河拥抱着的（尼雪）林卡走去。学生们兴奋极了，他们背着卡垫和一天的饭：酥油茶、青稞酒、甜茶、酸奶。每个人都准备了节目，有舞蹈、独唱、重唱、合唱，还有用藏语朗诵的《文成公主到西藏》。先遣队员在林卡中已围好了白布帷幔，当学生们透过林子看见了那一角帷子，高兴地欢呼起来，队伍立刻像从地里冒出的泉水一样涌上前去。于是铺好了形状不一的卡垫，席地而坐。这时学生旺金端着一个糖盒送到我面前，接着从我身边走开，每个同学送上一块，整整绕场一周。节目开始了，先是大合唱，然后是舞蹈《体育场上》，九个女生分成两队翩翩起舞，相迎，而后宛如二龙出水，分开，列成两队，两两对舞而上。大家伴唱，再退回，接着是下一对。这个舞很有点整体的造型，富于变化和线条感，真是美极了！当她们一出场，两条手臂像迎风飘扬的树枝一样自然、柔软。男生也上去了，好不热闹。藏族孩子能歌善舞真是名不虚传。虽然她们有时也腼腆，但总体很大方，能感到她们天生的欢快和自由的精神。我拍下了许多美好的照片，学生们对照相也感到非常新鲜，纷纷争着表演。

上午的节目告一段落，野餐开始。学生散落在林卡的草坪上，分成了五六堆，有的在河边，有的在树荫下，有的在田埂上，有的在刚刚收获过的青稞麦田上。阳光极其明媚，学生们铺好卡垫，拿出各种吃的东西，我站在中间，向四周一望，真是美妙，宛若一幅颇富民族特色的油画。几乎每一堆学生都同时招呼我到他们那儿吃饭，如果我去那一堆晚了些，他们就不高兴，抱怨我欺负人。所以我是东吃一点，西吃一点。我吃了从未吃过的粑离，那是一种薄得像纸一样的面饼，吃的时候把饼摊开，放上味道鲜美的牛肉条，然后一裹。他们都是这样吃。他们炒了许多菜，一盒一盒摊开，丰富得很。我还喝了酥油茶、甜茶、酸奶，吃了糌粑，还吃了藏族过年才吃的卡塞，一种油炸面食。他们边吃边唱，边唱边吃，快活极了。

饭后，我同几个男生聊天，颇有收获。我了解到他们的家庭身世，其中有一个叫阿旺次仁的学生，曾经在哲蚌寺当过小喇嘛，我非常吃惊。他的父母都在格尔木草原放牧，1981 年他十一岁时被父母送到哲蚌寺当了喇嘛，一年后才被拉萨的舅舅接出来，重新上了学。寺庙生活是很苦的，通常每天是这样：早晨五点钟就要起床，喝一杯酥油茶，吃点糌粑，然后随着师父念经，大多是解释菩萨的，到九点钟开始干活，打杂或是到果园劳动，中午仅有半小时吃饭时间，到两点又开始学着念经，五点钟又要到果园干活。

他的师父六十多岁了，叫阿旺洛桑，师父把他的名字一半给了徒弟，于是他改了原名，叫阿旺次仁。师父待他很好，让他自己住一间屋。那时庙里有一百多个像他这样的小和尚，也常发生一些打架事件。那时他班上的同学常常去找他玩，果园成熟季节，小伙伴们就去找他玩，他就偷来果园的苹果给他们吃。这时旁边的小巴桑搭了话，说有一次他去找阿旺要苹果，他在果园边上等，阿旺进去摘，他在边上看着，这时一个过路的人问他讨苹果，叫他小师父，以为他是哲蚌寺的，说到这儿他笑起来。这小巴桑也很有意思，他说他爸爸过去也是喇嘛，我就问后来怎么不当了，小巴桑说那时他爸爸在色拉寺，因为常常喝酒不正经念经还常常闹事，被庙里赶了出来。

小巴桑还讲了一个故事和一些有趣的传说，说以前藏人有个国王，力大无比，武艺高强，曾经有个魔鬼在西藏很是猖獗，无人能敌，后来国王同魔鬼交战，他变作一只小耗子钻进魔鬼腹中，魔鬼决心与他同归于尽，于是叫手下人造了一个大铁盒子，他想钻进去就这么一起完蛋。可巧那造盒子的人心向着国王，于是造盒时在盒壁上钻了个针尖大的眼儿，于是魔鬼腹中的国王从中钻出，安然逃离了铁盒，胜利了，而魔鬼却永远被囚禁在铁盒中。国王死后变成了活佛，小巴桑说，他一半留在天上，一半留在地上，就是现在他也每天随初升的太阳一起驱赶魔鬼，到了太阳落山又回庙里。小巴桑还说在格尔木现在有许多鬼，那儿的人死后都不能升天而变作鬼。小巴桑说,鬼并不可怕,和活人一样,比如两个过去相熟的人,其中一个已经死亡,那活人仍可和死人饮酒聊天。小巴桑说,有一次阿旺爸爸的一个熟人,在朋友家喝过酒,回家路上遇到了一个鬼,此鬼是他过去的朋友,于是他们又在一起吃喝一顿。

小巴桑说得神乎其神,坚信自己讲的是真的。但他说拉萨没有鬼,因为拉萨有哲蚌、大昭、色拉等寺庙,有菩萨保佑,人死后都能升天,而格尔木没有这些寺,所以人死后都变成了鬼。这时坐在一旁的德庆卓嘎递过来一个糖盒让我吃糖,我一看是外国货,圆形糖盒四周是几幅田野收获的图案,一头牛拉着装满麦子的车,后边的农民跟着,盒盖是一个半裸的披发女郎。小巴桑告诉我说这是印度糖盒,德庆卓嘎妈妈前两年去过印度,见到了尊者,还带回尊者一盒谈话录音。

一天的时间结束了,印象太多了,感受更是新颖丰富,这是我进藏以来最幸福的一天。

1984 年 10 月 11 日　星期四

黄昏,哲蚌寺西侧山脚下,偶然发现天葬台。奇怪的是我一点恐惧也没有,完全为好奇所控制了。因为早就听说哲蚌寺山上有天葬台,我也常看到那边山上有鹰在盘旋,可是天葬台具体在什么地方不知道。那地方好神秘，有许多山峰，因此总是猜测可能是在哪个山顶，因此我常常在遥望那边山峦时憧憬着天葬台，默想也许是在那个山顶，那里有经幡飘拂，不，那儿太高了，也许在矮一点的山上。日久天长，好奇心越来越强，因而今日黄昏到山脚散步，偶遇天葬台，竟然喜出望外，哪有一点畏惧之心呢？

山脚，草坡上，石块砌就的一个圆盘，直径约有一米五。石盘上显得油腻腻的，呈灰黑色，空空荡荡，天葬师大概有几天没在这儿工作了。我们（同事林跃）站在石盘上，弯着腰，像寻觅什么宝贝，突然，林跃叫了一声，原来他在石缝中发现了一小片头盖骨，而后又发现了一些骨头渣子。我们讨论着这些骨头渣是人体的哪个部位。石盘上还散落着一些天葬师用过的匕首、藏刀，大小不一，在黄昏里闪着幽幽的寒光。我甚至抓起一把匕首仔细端详，有一刻我觉得有必要拿回去一把做纪念，后来心里不舒服又放弃了。离石盘一米左右的地方，还有一块方整的石头，朝天一面凹了进去，我们猜测说人的头就在这块石头上捣碎。而就在附近，我又发现了一根白色腿骨。或许是天葬师的疏忽没把腿骨捣碎，我这样想。许多男人、女人的衣物散落在天葬台周围的草丛上，一件女人穿的水红的薄绒衣安详地垂卧天葬台的边沿上，煞是鲜艳，上面的饰花、镶的黑边都看得很分明。离它不远，还有一束女人的头发，黑黑的，没一根白发，这大概是一个年轻女人的头发。难道是应了弗洛伊德的学说，在这死亡之地，我觉出了一股诗意,一股生命的气息?我甚至认为,一个年轻人,尤其是一个年轻的女人,即使死了,灵魂依然弥漫着活力、青春和生命。

天葬,死亡。我退到远一点的地方,瞩望着眼前的情景,思考着这两种东西。这里是人生的终点,生命在这里不是消亡了,而是获得了新的意义。依照藏人的意思就是升天了,升入了天堂。这是自古以来,无论哪个国家,哪个民族,对死亡的一致认识。我又瞥了一眼远处宏伟的哲蚌寺,尽管它在这里只露出了白色的一角,但我依然感到它那强大的宗教意识和精神力量。

1984 年 10 月 12 日　星期五

穿过村子,来到哲蚌寺东侧山脚下。又是一个黄昏。从东侧望哲蚌寺才发现其宏伟、壮观而又繁复、重叠、层次变化无穷的面貌,仿佛发现了新大陆,我和林不禁惊喜万分。一路沿山路而上,四野怪石成堆、成群,一派蛮荒景象。右面大沟小谷,地貌真是让人感受深刻。一方面是最高的精神境界(白色的哲蚌寺)矗立在山腰上,主宰着人的灵魂;一方面是最原始最蛮荒的土地——你不能想会有任何一种思想文明跨进这里一步,这里的石头拒绝着一切。正是这两者的结合才使得这里越发显得神秘,令人惊异不已。你坐在这里,一方面觉得自己像野人,与这里的一石一草没有区别;另一方面又被某种不可思议的气氛控制着,这一草一石都是某种精神力量,向你传递着原始而崇高的复杂、深邃而又洪荒朴拙的气息,你被弄得不知要思索这境界还是思索自己,你觉得连自我都不可思议了。

两个年轻的藏族姑娘提着罐子走来,好奇地回头望望我们,不一会儿消失在只闻泉水响不见泉水影的沟壑之中。我们坐在一块巨石旁,一个劲儿地发着莫名其妙的感慨。黄昏是那么肃穆。忽然,远处传来一串嘹亮的山歌,放眼望去,一个十三四岁的藏族小姑娘蹦蹦跳跳顺山路走下来。那是一首藏歌,我曾听过我的学生唱过,所以很是耳熟,也倍感亲切。那歌声本身有一种诱人的旋律,再加上她一蹦一跳,给美妙的歌声注入了一种节奏感。你会觉得这是大自然突然放出了一个精灵,村子里飞出一只百灵,一种自由的精神突然使这里的宗教气氛黯然失色,而大地顿然生辉,小草仿佛摆脱了什么,在风中摇曳、飘舞。一个孩子的心灵给大自然注入了无与伦比的清新,哲蚌寺在孩子的歌声中,在黄昏里,威严一扫而光。

那是一条很长的山路,我们的眼睛一直目送着姑娘的身影,聆听着她那自由自在的歌声,依依不舍呵!感触无穷呵!我觉得我一下解脱了,生命又回到我身上——不,不是,是灵魂,热情洋溢、幸福美好的灵魂又回来了,而这一切都是那小姑娘给予我的。刚才那种冥冥中沉重的迷惘消失了,一种清新洋溢的美感给了我渴望生活的力量。我和林都比较激动,站起来,我也情不自禁地大声唱起来。姑娘的歌声因我们中断了一下,那小小的像鸟一样轻快的身影也停住,就像栖在一根树枝上。然后,一切又活了,更嘹亮、更熟悉、更轻快、更自豪的歌声蹦蹦跳跳地跑了起来:“请到天涯海角来,这里四季春常在……”这首歌我太熟悉了,是流行歌曲,她也会唱!小姑娘的身影在山路拐弯的地方消失了,然而歌声依旧那么清晰,如丝如缕,萦绕在心,尽管越来越远……正当我们失望怅惘之际,歌声忽而又近了,小姑娘身影倏地出现,啊,就在我们下边的山脚下,我甚至看清了她的装束,她停下来,朝我们招了招手,一溜烟地进村了。我心里真有一种说不出的感受,只觉得一种惆怅,一种芳香,一种回味无穷的力量久久萦绕在我的心上……

1984年10月16日　星期二

又至哲蚌寺东侧山脚下。这次比上一回爬得更高一些,几乎到了圣山的山腰上。坐在一块巨石旁,周围是漫野的山冈,山冈裸着一块块峥嵘的石头。丕乌孜山的两条巨臂钳形地伸向河谷平原,仿佛随时都有可能把拉萨搂进怀中。这时正是黄昏晚景,在山峦与云幔之间露出一方橘色的天,拉萨河此时无比绚丽多彩。她向西漂流,被群山挡住,然而隔过一道山脊她又出现,而且更开阔,像扇面打开,形成无数小小的湖泊,被晚霞一映,真是既辽远又辉煌，好像女娲刚刚补过的还在微微颤动的天。我还从没见过这样的黄昏，这样恢宏、起伏，被群山切割织就得这么迷人的黄昏。我见过许多黄昏，可这里的黄昏是独一无二的，这才是真正的黄昏，这是世界高原特有的最雄丽的黄昏。她不单给你一个单纯的美感，她令你还有一种蕴力极丰的沉思，是一种关于宇宙与宗教的沉思，是一种静穆的激情。我心中舒缓而明晰地起伏着一种伟大而神秘的旋律，我心中的旋律在指挥着群山变奏、浮动。我想起了音乐。我觉得巴赫的沉思与神秘在这儿可以找到共鸣，但这里宏伟的宇宙感，这里的壮烈和巨大的生命力、澎湃的激情却是巴赫难以料想的。这里应是巴赫与贝多芬的结合，贝多芬是用激情思索着命运，而这里是在用命运沉思着激情。贝多芬属于人类的范畴，而这里，高原、群山、河谷、流水所组成的黄昏，却是属于包括人类在内的宇宙——大地和天空！

夜幕已降临，而天边依然露着晚景微光，我和林恋恋不舍地走下山来，这时，整个山体都仿佛随着我们动了起来，一种突发的感觉，丕乌孜山的两条已模糊但仍硬朗的巨臂越发坚定不移地伸向河谷，伸向平原，一瞬间，我只觉得那巨臂成了我的双臂，我伸开双臂，在一股神力的冲动下，向着广阔的已是紫色满野的大平原拥抱而去……

1985年1月22日　星期三

昨夜大雪覆盖了拉萨四周的群山，今早一起床，阳光耀眼，群山披上银装，好壮观！屋顶的雪正在融化，滴滴答答，隔壁蒋老师家的电视正播放钢琴独奏曲，金属的敲击、奏鸣的音响像阳光的波浪，在我梦醒的一瞬间扩展，中间穿插着雪融的声音，真是美极了！仿佛一个明亮有声的梦代替了另一个梦，我那样静静地听着，一时只觉得世界变得那样单纯、明亮，除了钢琴、雪声，什么都不存在了。我一动不动，居然出现了幻觉：在白茫茫的雪原上，阳光普照而明媚，一架钢琴放在雪上。那是一架黑色透明的钢琴，一群鸽子在琴键上飞来飞去，美妙的音乐随着它们的起落从那里响起、扩展，阳光也是从那里流淌出来的……这时在我的脑海中立刻像屏幕似的显示出一首诗的题目：高原，钢琴和雪。

1985年3月11日　星期一

课后，与林从学校墙洞钻出，到了丹巴村，学校与村子一墙之隔。干荒的山，干荒的村，隔着一片刚刚发芽的果园的，是几户人家的小孤村，好像是被这个大村子耸肩一甩甩出去的。夏天山上有流水经过那里，颇有点流水孤村的味道。我的一个学生仓曲住在那儿。干荒呵，四野皆是干荒，那一小丛泛绿的柳树，一点也没给这里增添朝气，相反自身显得更加可怜，无法控制这干荒干荒的景观，显得那样畏缩。走近看，鸟儿也叫得怪可怜的，一点不水灵，透着干气。我情绪黯然，无精打采，感觉很疲倦——疲倦的山。那些杂乱无章的白粉石头房子，在强光下非常刺眼，刺得你浑身不舒服。一种无法言状的感受，让我们无语。

1985 年 3 月 18 日　星期一

如约午后两点钟我到了巴桑老师在八角街的家。确实漂亮，室内布置得那样鲜艳，色彩斑斓。有一幅唐卡在墙上，显然是释迦牟尼的故事，巴桑说这是他家三代人完成的画，太爷，爷爷，爸爸。另外还有五幅唐卡也相当漂亮。室内有廊柱，天花板全部用印花丝绸包装，顶中央有一道像垂幕样的彩带垂下。四面墙壁皆涂上黄颜色，边上为三道杠，有地毯，茶几，总之是一个华丽之家。从巴桑家出来，巴桑陪我去八角街买衣服，之后去大昭寺，随他一同朝佛。

大昭寺的建筑极其辉煌而又扑朔迷离，中间一个大厅，四面布满小厅室，非常神秘。在一个最重要的厅室内——厅前是木板铺就的，几个小喇嘛正在拖地，我看到班禅大师叩拜的彩照。巴桑说那是 1982 年班禅来西藏时到这里拜佛的留影。在这个厅朝佛有着严格的仪式，自左向右，在释迦牟尼盘坐的大腿上俯首，然后退出。转过去，再在另一侧俯首。一旁的喇嘛给我一捧圣水，见我是汉族，如此虔诚，赞赏地朝我笑笑，竟笑得我很感动。巴桑边走边跟我讲大昭寺局部的故事，藏医神，白拉姆，宗喀巴，松赞干布，文成公主，各种护法神，都是壁画上的故事。然后到了寺顶，见到巴桑的舅舅。舅舅是这里的文管会主任，巴桑说舅舅过去是哲蚌寺的喇嘛，获得过格西学位。照了张相片，巴桑高兴地说舅舅今天不知道怎么了，这么痛快地答应照相。接着又去了一些地方，之后回到学校。今天是非常重要的经历，这种感受值得久久回味。

1986 年 2 月 14 日　星期五

久违了，丕乌孜圣山涧谷！这条蛮荒而又神奇的涧谷，我和林去过不下十数次，这次冬季造访还带上了我们的三个身着鲜艳藏装的高三女生琼达、德吉卓嘎、次珍——次仁卓玛，她们一红，一绿，一紫，在这深山峡谷，在这荒山秃岭、巨石生烟的地带，她们犹如三朵娇艳的迎春花，飘逸，令大自然生辉。脚下是如缕如带的溪水，水上浮动着她们五彩斑斓的婀娜身影，那银铃般的嬉笑声扬起了彩色的水花。阳光融融，流满山谷，巨石下，被阴影留住的冰瀑像瞬间凝冻的，真是天造地设，晶莹有如月宫。美丽的三少女站在冰瀑下,展袖伸指,采撷一柱柱冰凌,真如天女下凡到人间,好不兴高采烈。忽听哗啦一声,头顶上几挂冰柱落下,头上肩上落了一身,她们起先吓了一跳,随后笑弯了腰。琼达红袖又展,玉面微扬,仪态甜美高傲,在冰清玉砌的辉映下,几欲成仙……拍下这一连串的美妙绝伦的镜头,我与她们又合一张影。我的出现当然要破坏这仙境,但这仙境太诱人了,我如何能自已!当初下到这冰瀑地带可是费了不少劲,是我和林一上一下把她们接到这冰瀑地带的,我在上面拉着,林在下面接,她们像坐滑梯似的平躺在大鹅卵石上,笑着叫着朝下滑,这样滑了两个石头才到了冰瀑之下。她们说,平生第一次经历如此的危险。历点险往往叫人精神勃发,神采奕奕,她们高兴坏了,我们则舒了口长气。

下午两点我们开始野餐,在两巨石间的白沙滩上铺上一方德吉带来的宝石蓝绸巾,五人围坐在一起,头顶一小片蓝天,右边涧水潺潺,又一番佳境,可谓良辰美景,似水流年,空谷幽人,美不可言。世外哪知有如此绝境,此谷应得名仙人谷,此滩应得名美人滩。是的,在她们眼里,我们始终是老师,然而在我们眼里,她们不仅是学生,还是美的显现——自然界最美的那部分显现。有了她们,这条山谷就不再干荒,不再寂寞,不再燥裂,山谷盈满了少女的春光……

傍晚六点我们方才出了涧谷,回到六中。我想这在我一生中将是最难忘的一次野游,我记得琼达说了一句话,她说:“我总觉得走着走着我们就成仙了。”藏人时常有这种奇妙的直觉，我领教过不止一次了，而今天她这种直觉叫我震惊。以往他们的直觉大多有点离奇，可这一次引起我深刻而强烈的共鸣。是的，没有一个民族能与藏族的直觉相比，他们上有佛天，下有鬼神，中有神奇的自然地貌，这就促成这个民族的丰富奇异的直觉力。琼达、德吉、次珍今天所给予我的够我享受、体验、思索、挖掘一辈子，其中的层次就无穷无尽，你挖掘吧，多幸福！

1986 年 6 月 22 日　星期日

甘丹寺。车在半山抛锚，步行至寺院。转经，拿了一瓶酥油为经堂的酥油灯盏一一添油。这瓶酥油是替次珍添的，学校组织朝圣，她本想也来，但身体不好，要我替她添油，教了我六字真言，并祈祷她考上大学。转了七八个经堂，添油灯不计其数。在大群的藏民中，只有我这么一个汉族添油，颇为引人注目，喇嘛待我极好。转经路上，藏族朋友一路给我讲路上的掌故、传说。至天葬台，学校门房老波拉一家祖孙三代，小孙子还在年轻母亲怀中，先后仰面躺在天葬台上，口中念念有词。我大为惊讶，不知何故，沉思良久。怀中婴儿也被放在了上面，四下里是刀斧器具，白骨遍地，煞是可怕。完毕，在台上敬献了哈达，表情极悦。后来我方知，他们此举意在死前已将灵魂献给了佛天。晚八点归。

第三辑　未选择的路

未选择的路

——美国之行

很久没一个人出门远行，而且以为跨越的是太平洋，结果竟然是北冰洋。地图上习惯了直线思维，难以想象圆形空间。看见了陌生的白令海峡，这条窄窄的海峡许多年前还是陆地，人们可以走来走去，据说大陆分开后，过去的人再没回来，成了印第安人。传说也好，事实也罢，旅行即想象。而“白令”这两个汉字也不知是谁命名的，听起来好像海峡一样古老，让人想象大地，历史，人，迁徙。对面阿拉斯加就是美洲了，以前从没想过美洲与亚洲这样近。不知道当初如果没有俄国与美国的交易，亚洲大陆与美洲大陆的分界线会在哪儿？要到加拿大吗？感谢谁呢？美国还是俄国？

一派冰雪世界。一路向北，又向南，过了漫长的阿拉斯加，加拿大，到了以北京为零公里的地球另一端。依然到处是枫叶，溪流，湖泊，仍有点像加拿大。佛蒙特，明德小镇，看上去与加拿大几乎没有区别。天空没有区别,森林没有,河流也没有,或者就是一条河。明德小镇在枫林中的河边展开,阳光耀眼,卵石时而裸露,发出阳光般的声音。一堆不知放了多久的木排堆在河湾处,述说着过去的时间,单看这些发黑的木排就知道这里曾疯狂砍伐,同样已不知停止砍伐了多少年。走在木排一样发黑的水泥桥上,小镇没什么称得上古老的建筑,没有大雁塔、比萨斜塔、斗兽场,没有古老的建筑,多是些一二百年的建筑,不像古老建筑(比如金字塔或兵马俑)总有些不可思议的东西。

是的,这里没有不可思议的事物,但一二百年的建筑同样有某种历史感,只是这里的历史感与欧洲的或我们的不同。事实上这里的历史感是我们的"现代感"的开端,感到某种亲切,因此在美国找到中国的另外一种"历史感"并不奇怪。在这个意义上我们与美国人的区别要比我们与古人小,或者这也是我在如此陌生的小镇却感到如此亲切的原因?

我住在枫林中的一幢木屋的二层,这里距小镇尚有几十分钟车程,算是森林深处。已值初冬,枫叶一半在树上,一半在地上,上下都火红,再加上晚霞或朝阳一照,整个林中炉火纯青地透明。尽管我抵达木屋时天色已晚,但森林的寂静中,一小抹夕阳如最后的炭火,在黑暗中仍有一种静静的就要消失的暗红。夜晚,我躺在二层的木床上,阵阵小雨与林涛裹在一起敲打着屋顶、墙板,声音不同,但都像某种乐器发出的声音。时差关系要么睡不着,要么小睡即醒,有种原始本能的敏感。黑暗中凝视窗外朦胧的类似黎明的亮色,不免自言自语:“一万公里之外的天在亮,太安静了,除了耳鸣什么也听不见,风雨不知啥时已歇。”边念叨边写在手机屏上,轻点“发送”,连同小窗朦胧的照片一并发在线上。虽然是森林深处仍有 Wi-Fi,与全球互联,但我竟一点没意识到既然已在一万公里之外,怎么还说“一万公里之外的天在亮”?显然还是北京的心理视角,虽然身在美国。如果不是飞机,而是马车或船或哪怕是火车,漫长的旅途,慢慢地到达,恐怕就不会有这样的话。当然了,如果要是从白令海峡走过来,恐怕连故乡都要忘了。快与慢究竟给现代人类带来了什么?为什么有时下了飞机,一听到驼铃声,血液里就有一种古老的潮涌?但 Wi-Fi 又为什么如此贴心?心是快的,但血是慢的,似乎这是人自身固有的矛盾。不能低估血液,血液里有更多密码,事实上血液与心一样古老。

那么木屋与森林是一种什么关系?显然也有某种一致性。

木屋的建筑时间不详,一如森林时间不详。在整个森林中,木屋事实上是一种类似蘑菇一样的存在,如果非说蘑菇是异类的话你才能说木屋也是异类。有一种说法,人类早期建筑模仿了蘑菇,在这儿我更坚定了这种看法。模仿自然永远不会错,这也是自然给人的启示与法则。

木屋的男主人 Thomas Moran(托马斯·莫兰)是明德学院教

授，汉学家，女主人 Rebecca（瑞贝卡）是个抽象画家。在这所房子里，不能只叫女主人，还要叫男主人。这并非无关紧要，而是一种非常真实的感觉，因为在这里没有谁从属谁的问题，或谁主内谁主外的问题。不知道这是否也是另一种自然法则，而凡合理的都是自然的，这点没错。

木屋很大，地基高出地面，吊脚处有木台阶，上面是外置走廊。从走廊入门，一层是厨房，餐室，客厅，书房。墙上的老照片与小幅抽象画分布在不同空间，许多不仅仅是装饰，让你不由得不驻留。但即使驻留，一时也很难理解画的含义，甚至照片的含义。房间布局复杂，进门过道的另一侧是一个专门的小客厅，由廊式露台连通，两者不过一道玻璃之隔，看上去像一个整体。但功能不同，廊式露台散落着桌椅，是喝咖啡、茶的地方，有点欧洲街头的味道。当然不是真正的街头，整个视野是草坪、森林、天空，早晨斑驳的阳光落在吧椅上、地板上，并透过落地玻璃，部分进入客厅。客厅光线神秘幽暗，明暗对比强烈，部分阳光落在壁炉的火上，有种双重的纯粹。

红砖与黑铁构成的壁炉，古老的火在黑铁框中燃烧，上面有个玻璃装置，里面放着陈年杂物，小玩意儿，小摆设，火柴盒，玩具汽车，偶人，所有物件都显示着过去，是两位主人童年少年的物件，一种被纪念的岁月。劈好的原木放在壁炉一边，摆放整齐，显然是 Thomas Moran 或他与 Rebecca 共同劈的。一部分柴遮住了书橱，柴与书尽管如此不同，但此时有某种一致性。一致性不在于自身，在于整体的气氛：书，火，柴，阳光，一切都是元素的，甚至在这儿人都是元素的。无论你从哪儿来，北京，巴黎或纽约，到了这里，都会成为元素性的东西。

书架上汉语书随处可见，加在英文书籍中，看上去既亲切又陌生，甚至比英文典籍还要陌生，仿佛一种古老与现代的并置。这是两种完全不同的时间，存在于同一空间，而熟悉的东西在陌生环境里也变得如此陌生，甚至我不以为我能看懂这些汉语典籍。只有进入了某种时间与语境才能读，而 Thomas Moran 是进入了。很显然这里的汉字或汉语书绝不是一种摆设或装饰，但也很难说是一种与英语典籍的对话。

只是……不是对话，又是什么呢？

我作为一个活生生的"汉字"的载体，从一万公里之外到了这里，让这间客厅越发有一种中国气氛。但此时这里的中国概念却也越发复杂，主要是我的历史感与这里的历史感并不是同一种历史感，两者不可同日而语。我们自身的对话与冲突尚未完成、远未完成，那么在这儿的无形的对话怎么可能不复杂？Thomas Moran 的古汉语比我好，却也同样让我觉得古汉语更加陌生，完全像另一种语言。Thomas Moran 的中文名字叫穆润陶，古色古香的一个名字，很中国，但一看就是外国人起的中国名字。这是否也说明了中国概念的复杂？如果不是费解的话。

瑞贝卡(Rebecca)有自己的画室,但画室不在屋内,而是在林中完全独立的另一处房子。隔得不远,由一条穿过草坪与灌木的小径相连。画室为长方形,很高,外表爬满青藤,覆满枫叶,看上去像一间教堂。瑞贝卡每天在这儿工作,她在这儿待的时间比在木屋要长得多。穆润陶白天去明德学院,通常晚上才回来,整个白天是一条名叫“路易”的牧羊犬陪着瑞贝卡在画室作画。画室的门很小,加上植物掩映,几乎看不见门(这点也像有些教堂),但是进去后里面却十分高旷,简直让人震撼,虽没有天顶画,但仍有着某种宇宙感。

比空间更震撼的是瑞贝卡的画,竟全是巨幅,如同创世。正面一面墙是正在画的一幅巨画,梯子在下面,梯阶满是陈年与新鲜的油彩。另一侧墙体还有三幅一组的巨画,已完工,或接近完工。除此之外,墙脚处堆放着许多卷起来的巨大的画布,它们同样不容忽视,饱含着成年累月的时间。

画室改变了我对瑞贝卡最初的印象,之前在房子四处我看到的是一些小幅的抽象画,仅凭此在我的无意识领域瑞贝卡是一个装饰画家。印象常常深刻地误读一个人,一旦纠正会形成强烈对比。此刻,瑞贝卡站在她的画前,就连高高的梯子也在她的巨幅画内:瑞贝卡是画者,也是画的一部分,梯子也是。通过抱着路易的穆润陶的翻译，我问瑞贝卡，为什么把画画得这么大？瑞贝卡站在梯子上说，她希望她的画把她包围起来，每天不仅在感觉上走进画，实际的身体也走进画。我不知道这是一种什么样的诉求或感觉，是否性别特有的感觉，这且不管，因为这样一来对瑞贝卡而言，每天事实上存在着多重空间，画室是一层，画又是一层，一个人穿过无形的空间、许多道门，某种意义她已是个隐身人。甚至梯子也是隐身的，其本身已成为一件抽象艺术作品。而每天登梯作画的行为，仿佛就是与隐形空间的对话。

如果说天空和海都具有单纯的抽象性，瑞贝卡画的虽然不是这两者，却具有这两者的特征：单纯，抽象。画家不会向人解释他画的是什么的，通常你也不要问，往往一问就错，有些东西是要你感受的，而不是问的。现代绘画与音乐都有这个特性。你凝视或聆听，在画面构成的内心空间穿梭，对象不明，自身不明，但也正是在这个过程中，无论客体的画还是主体的身心都发生着什么，生成着什么。这时候，潜在的东西异常的活跃，你明白：干脆把自己交给这些潜在的东西。

当然，理性也在提示：从色调上看，瑞贝卡的作品有黑色、墨绿、红色三大单纯的色系。三大色系从来不并用，每幅画只一种，整体上单纯，但细部极其丰富，精神的密度很大，感觉她是在用浩瀚来表现极细微的东西，就好像用整个天空思考无数的星星。一旦进入了她的画，就像进入了不是星空的星空，不是海洋的海洋，不是夕阳的夕阳——这三大单纯的色系,像三种思辨的火焰,所有的笔触像无文字语言,一种广阔而深邃无限的书写。不错,瑞贝卡的画就其抽象性而言,更像一种书写,一种哲学。只是无法和哪个哲学家对应,她是独一无二的。

瑞贝卡有一半德国人的血统,一半英国人的血统,日耳曼与盎格鲁-撒克逊的混合显然体现出什么:从深灰色的眼睛到她的三大色系的画,然后再对视她的眼睛,我看到了独特而有力的东西。另外,更不可思议的是她一直用手指画,而不是用笔。相对巨大画幅,用手指画更像是书写,这和我的感觉惊人地相似。她甚至调色也用手指,一点一点在巨大的画面绘成可容下自身的画。瑞贝卡说她从一开始就用手画,临摹的是自己的大脑。从她的童年。小时候人们天然吮吸手指尖,用指尖涂涂画画,一般成人后改变。但瑞贝卡始终没变。年轻时颜料烧坏了她的手,后来改用了超薄的乳胶手套。薄手套与指尖、皮肤无异,长长的颜料案上有许多用过的手套,几乎就是她的用过的手,看上去有点恐怖。的确,某种恐怖存在于她的画中。

通常油画的笔触讲究层次感,质感,瑞贝卡的画由于用手指肚画,层次极为细腻,简直像另一种皮肤,人与画毫无“隔”的感觉。只有看了她的画,你才会感觉别人的画,包括达·芬奇的画都有“隔”,你是你,画是画,主客体二元分明。但瑞贝卡的画中这种主客的关系消失了。无法想象,在森林中有每一天(许多年如一日）在教堂般的画室中，她用细细的手指面对虚无却与虚无无隔无碍，是一种怎样的主体？怎样绝对的个人？

在一幅名为《Pool》的黑色系列巨幅画前，我对瑞贝卡说，非常喜欢这幅，如果可以我希望《天·藏》用《Pool》做封面。穆润陶正在翻译我的西藏背景的长篇小说《天·藏》，就一些问题我们已通过几十封邮件。瑞贝卡听后有些惊讶，甚至微微的脸有些红，耸耸肩，似乎既激动又不解。我喜欢《Pool》的整体黑色，特别喜欢神秘黑暗中的这一抹亮色——简直像神的存在，非常西藏。"你画出了西藏。"我说，我说不管你在画中表达了什么，我在其中只看到我的经验，而不是你的。我曾在西藏生活，曾长时间凝视西藏的夜空，这一抹亮色让我想到落在西藏夜空的银河。我说在西藏我随随便便就能看到各式各样的银河，有的升起来，横过整个天空；有的沉下去，一半在天上一半在地上，就像这一抹银色。

西藏，对瑞贝卡无限的陌生，在这个意义上，我与瑞贝卡的"对话"是不可能的。但这又有什么关系？只要我和《Pool》建立起对话就可以了。瑞贝卡大概对我极端的个人方式说服了，同意《Pool》做《天·藏》封面，并且说由此我们之间的"对话"达成。她表达她的意思，我取我的；作者表达了什么并不重要，重要的是观者的经验、观者看到了什么？在这意义上抽象画的特点便是"作者消失了"，"读者诞生了"，作者不是中心，只是媒介，当然是独特的媒介。

森林，木屋，汉学家，抽象画，西藏——特别又是在经历了北极、阿拉斯加巨大冰原之后——这些事物同样也在我的脑海拼贴在一起，产生了各种印象之间的关系。种种原因，我一直不接受地球村概念，不认可地球变小，但在这里这一概念让我有某种特别的体会。即使如此，我仍觉得我与瑞贝卡、穆润陶之间的陌生远远大于我们之间的熟悉，我们之间的陌生感不会消失，也不该消失，在这点上我仍不接受地球村的概念。

沿着河边的公路，走出森林，穆润陶驾车带我到他任教的明德学院兜兜风，熟悉一下环境，两天后我将做一个演讲。明德学院是明德小镇的主要街区，几乎可以说没有明德学院就没有明德小镇。明德学院始建于 1800 年，是全美最老的文理学院之一，据说有来自全世界七十多个国家的本科学生，在这里学习艺术、文学、外语、社会科学、自然科学几十个专业；马德里、巴黎、东京、柏林、佛罗伦萨、杭州、莫斯科等地有三十多个教学点——堪称“日不落学院”。多少有些夸张，但学校的确挺美的，整个校区位于佛蒙特州有名的青山与纽约州的阿迪朗达克山之间，是美国最著名的山谷之一。穆润陶是明德学院中文系教授，主任，比我大两岁，生于 1957 年，五年前我们相识，此后每年都会见面。穆润陶 20 世纪 70 年代即随当外交官的父亲来过北京，父亲在老布什担任主任的北京联络处任职，那时穆润陶即开始学中文，后在北京大学中文系学习,是康奈尔大学博士。穆润陶有爱尔兰血统,祖上与我所熟知的叶芝、乔伊斯、贝克特是同一血统。从穆润陶的脸型与灰色眼睛中,我多少能读到一点神秘的一闪即逝的东西:一种纯粹但有时不可思议的东西。

穿过主校区,一些地方贴出了我的演讲海报,估计是穆润陶或者他的学生贴的,不然还有谁贴?没怎么太转,穆润陶就把我拉到了青山余脉半山坡上的夏季校区,让我见识了明德学院"自然"的深度。通常知识密集型的大学与自然相互拥有,相互映照,会显得特别不同。夏季校区不像大学,像高山牧场,一派高旷的绿。时值深秋,枫叶已掉了大半,山风很硬,我不得不套上羽绒服,戴上帽子。这儿的纬度相当于中国东北地区,有趣的是这里也被称作美国的东北,简称美东,似乎有某种相似性。但风貌还是颇为不同,放眼望去,树丛中是大片低缓的草坪,但不是草原,只是因为太辽阔,看上去像草原。因为阳光的关系,风很亮,草也很亮,但不温暖。我喜欢这种阳光归阳光,温暖归温暖的感觉。我看到自近而远一条起伏的硬路面分开林中辽阔的草坪,沿路的一侧分布着棕色、深绿的房子。房子虽然很老,但油漆得干干净净,整整齐齐,像老年人搭的积木。多为四五层,有教室,图书馆,报告厅,更多是学生宿舍。但此时季节不对,看不到学生,连图书馆也像是空的。空的建筑也往往具有了自然界的属性,仿佛自然的一部分。穆润陶说这里冬天不上课,没什么人,不过一些体育项目还在这儿,像滑雪。这里是美国最好的滑雪地方之一。穆润陶说这里原不是校区,很多年前——大概在上世纪 30 年代,美国东部的一个富翁为了制止这里的森林砍伐,把这片森林买下来,赠送给了明德学院。这样的事情在美国并不新鲜,尽管如此仍觉得有点不可思议。

风太硬,这点很像东北,上了车穆润陶带我去看弗洛斯特小屋。开始我没听清,以为还是随便转转,到了一个路口,路边木栅上有一个蓝色标志牌,穆润陶告诉我,这儿是弗洛斯特居住过的小屋。事实上当穆润陶说带我去夏季校区时就已经包含了弗洛斯特,就像说去天安门会看纪念碑一样,纪念碑是不用说的,是题中应有之义。我对明德学院只知大概,一如外国人知道天安门,但未必知道纪念碑。不过这样也好,对我是一个意外之喜,以至颇有些激动。这涉及 80 年代,青春,我用带着记忆的深远目光凝视蓝色的弗洛斯特故居标牌,虽然一句英文也看不懂,但还是努力用汉语拼音方式拼出了 Robert Frost——罗伯特·弗洛斯特。

熟悉的名字,几乎就像我所熟悉的陶渊明、谢朓、王维、孟浩然。弗洛斯特在美国,甚至整个西方,也属于上述这类诗人,在中国叫山水诗人,在美国叫自然派诗人。穆润陶为我翻译标牌上的小字,我注意到了"1939—1963"的字样,这意味着有二十四年弗洛斯特每年夏季在明德学院教授诗歌,住在这里。穆润陶也是这么告诉我的。

蓝色标牌非常普通,日晒雨淋有点旧,后面是一条林荫小路。小路伸向有坡度的草坪,路上布满落叶,因为弯曲和坡度,一眼看不到尽头。不过等走过这段弯曲,便一眼瞥见了草坪与树下的木屋,就像看一眼瞥见了树下的弗洛斯特:他以自然的方式迎接来人,注视来人。我觉得一个人就该普普通通地迎接后人,哪怕很少的后人,就如此刻的我与穆润陶。

是的,诗人弗洛斯特的故居太朴素了,朴素得让任何纪念馆都失色。那么这条弯曲的通往故居的小路,不正是那首《未选择的路》之自然诗篇吗?这是现实的路,也是诗的路,是诗与现实高度重合的路。这条通往诗歌的路曾是弗洛斯特选择的路,也是更多人未选择的路。

路太静了,太偏僻了,几乎只是动物出没的路。但诗人不正像人类中的动物吗?而诗人之路不也从来就是动物走的僻静的路吗?动物总是避开人,诗人也一样。

未选择的路

黄色树林里分出两条路
可惜我不能同时去涉足
我在路口良久地伫立
向着一条路极目远望
直到它消失在丛林深处
但我却选了另外一条路

它荒草萋萋十分幽寂
…………
从此决定我一生的路
也许多少年后在某个地方
我将轻声叹息把往事回顾
一片树林里分出两条路
我选了人迹更少的一条

三十五年前，我在一个蓝色硬皮本上抄下弗洛斯特这些诗句，那时完全没想到今天会踏上这条著名的实有的路。然而回过头看，这条诗中的路在那时已决定了我的未来。那时我多么年轻，还在大学读书，人生之路还未展开，但已经在翘望弗洛斯特那条“人迹更少”的路，渴望多少年后“轻声叹息”那“未选择的路”。现在就是多少年之后，真巧。多少年前我的确曾面临选择，出国还是去西藏？两者摆在我面前。那时出国潮热火朝天，但我最终选择了“人迹罕至”的西藏。甚至到了拉萨我也没选择市内的学校，而到了郊外一所山村学校。那所学校几乎如我所愿地接纳了我，为我提供了讲台、简单教具以及一间石头房子。

我站在讲台上或是在孩子们中间，我是被围绕的人，就像大树下的释迦，语调舒缓，富于启迪，我讲述语言、人类和诗歌。我喜欢石头房子花岗岩拼贴的外表，喜欢阳光下它富含云母和石英的光亮；喜欢冬天阳光直落树林的根部，喜欢树林的灰白，明净，路径清晰，铅华已尽。整个冬天我的石头房子常常门户洞开，这时我崇尚古典，听海顿，读王维、寒山、迪鑫森、弗洛斯特、萨迦格言、藏歌、民歌，写一些笔记、片段，不断地追问，让自己简洁，略去一切多余，简洁一如水中的石头。

这是我多年前写下的一段文字，这段字在这条小路上自动映现。三十五年前，选择的路始终没变，如今不期而遇弗洛斯特之路，路与“路”重合为一条路。弗洛斯特在这里等的就是我这类人吗？虽然如此之少，但似乎也正合天意：你是什么人总会遇上你的同类。

我不禁想，不知我当年去了美国会怎样？那是一条“未选择之路”，去美国肯定不是为诗歌。那么在那时我会见到弗洛斯特小屋吗？或者即使偶然见到，会像现在这样“重合”吗？比如，如果我是个律师、股票操盘手、MBA 教授、推销员、法学家、中餐馆老板、送外卖的，诸如此类，我会来这里吗？即使偶然来了，会激动吗？

走在僻静的“已选择”的路上，已不觉山风硬。好像山风停了，落叶一动不动，脚下咔咔作响。此时我无法想象那“未选择的路或一生”，因为事实上不存在选择问题，《未选择的路》这首诗我想是弗洛斯特年轻时代的作品，年轻有各种可能、眺望、想象中的轻叹，但真到了“多少年后”，应该不会感叹另一条路的可能。因为一切已经注定，没有任何后悔。我不知道老年之后的弗洛斯特怎样看待年轻时写的这首诗,或许进了房间可以问问。

走出弯曲的小路,豁然开朗,草坪宽阔,布满落叶。小屋就在树下,越来越近。是名副其实的小木屋,能看出经年的日晒雨淋,暴风暴雨暴晒的痕迹,似乎再未油漆过,是很旧的发黑的木色,如果不是明亮的外置玻璃阳台已完全看不出木色,就是一间枯色的历史的房子。透明的玻璃阳台当然是后人置的,产生着光,映出木屋有种不可言传的深度。

木屋没有任何文字标志,没有图片,没有说明,甚至小屋的门还上着普通的过去的锁。仿佛主人去上课了,一会儿就会回来。一切都是原状,房间静默如初,似乎仍有着过去的时间。尽管墙上的表已停,但另一种表一定还在走着,诗人在我们看不见的时间随时回来。我甚至本能地下意识地摸摸生锈的锁,转动,仿佛有什么附体,我就是那回来的人。或者确认诗人真的不在屋?很多天后,还在回忆那一刻的摸锁细节,复杂而模糊的感觉,如果是电影镜头稍一切换,锁就会变成诗人的手。我非常喜欢的《美国往事》就有类似的镜头,也喜欢里面的音乐。

幸亏没人,不能设想游人如织,导游举着喇叭讲解,一队队人喝着饮料吃着零食进去,那样诗人死定了,也再不会感到诗人还可能活着。这样想着,想到自己一个人摸着锁,想到诗人或许会拍我一下肩也未可知。

也许我会把这一幻象写进小说,或拍成电影,哪怕是DV(数字视频)。

房间里书不多,没有通常文豪藏书的阔绰,没有四壁皆书,没有硬皮书,甚至没有特别完整的书架或书橱。一些书随意散放,一如往常,拿起就看,随手可放下。一张写字桌,一把靠背椅,卧室,简单的床,几本书。一双鞋子前后不一撂在地上,仿佛随时走出或者回来。简易的厨房因为金属灶具很有质感,炊具,灶台,餐盘,刀叉,电镀水龙头,闪着一贯的光,拧开就能出水……我想我在这儿肯定能生活。尽管太简单了,也比我在西藏更生活化。

离开小屋,在小路弯曲的地方回望,忽然发现小屋凸出的玻璃部分远远看去像大地的眼睛。非常像。的确,这时我相信了大地是有眼睛的,弗洛斯特小屋就是大地的眼睛,他那样自然地望着你,那不就是弗洛斯特?

诗歌是什么?诗歌是语言的更新……

诗歌是一种领悟能力……

诗歌是一个突如其来的想法在脑海中诞生……

诗歌是生命呈现出多细胞的结构……要善于运用隐喻、暗示、隐含,所有这些东西都是诗……

我听到弗洛斯特依然在大地上讲述。

在明德学院,我演讲的题目叫《权力的眼睛》,借用了福柯一本书的题目,穆润陶觉得太哲学化,建议改回原来的《超幻时代的写作》。事实上我也不是谈哲学,而是通过文学谈权力,通过权力谈文学。

讲完的第二天,穆润陶开车送我到哈佛大学,还要在那里讲一次。明德学院距哈佛大学差不多五个小时的车程,跨越了美国好几个州,记得有马萨诸塞州、新罕布什尔州,好像还有康涅狄格州,路上的标志一闪而过。接近中午到达波士顿,没有停留,直接到了剑桥的哈佛大学。穆润陶原打算在哈佛住一晚,但临时有事,当天还得返回明德,一天来回近千公里,太辛苦了,我提出不要送了,坐巴士或火车自己去,但穆润陶一定要亲自把我送到哈佛大学,交到王德威手中。中午我们到了,王德威的助手应磊博士要我们稍等一会儿,王德威还要有一会儿才能下课。我与穆润陶坐在接近白色的楼道的长椅上,感觉有点怪。穆润陶过去从没来过哈佛大学,这次为了我是第一次。应磊告诉我们那头是燕京图书馆。听说过这个图书馆,很有名,我们到里面转了转,在杂志架上看到了《十月》,感到异常亲切,不禁翻了翻,看到我编的稿子。我想告诉应磊和穆润陶这点,但最终还是没说。我不想打破一种短暂的安静神秘的图书馆气氛,面对这么多的书是不适合说话的。

燕京图书馆收藏着八十多万册中文图书,其中的善本古籍特藏以其质量之高数量之大享誉世界。其渊源与中国一位古体诗人有关,据载 1882 年 1 月 9 日《波士顿每日广告人》这样写道:

"一位熟悉自己国家典籍的中国知名作者,给'新世界'带来了从其祖国的文献中精选的著作。其中最新也让人好奇的,是他自己刊行的诗集。"事情是这样的,1879 年 7 月,宁波诗人戈鲲化,当时在英国驻宁波领事馆任翻译(五品官),经美国人杜德维推荐与哈佛大学签订任教合同,携带家眷和一批中国典籍奔赴波士顿,于当年 10 月 22 日,身穿五品官服在哈佛大学正式开馆授课。据载这位中国教师的出现在当时颇为轰动,《哈佛记录》有载:

> 1880 年的毕业典礼,翻开了哈佛大学历史新的一页。在参加典礼的教师中,有一位名副其实的来自古老中华帝国的教师。任何一个敏感的观察者肯定都会意识到,中文讲师戈鲲化的出现和工作,正在创建他来自的古老国度与我们所属的年轻国家之间的神奇联系。

戈鲲化以他的真诚、儒雅、学识、幽默,赢得了哈佛人的尊敬。遗憾的是,1882 年 2 月,戈鲲化因肺炎在波士顿突然病逝,距离他的三年聘期期满还差几个月。他的遗体由杜德维和其家人护送回国,而他带去的图书则留在了哈佛大学,成为哈佛燕京图书馆的首批藏书。

一进图书馆,我就看见了戈鲲化醒目的画像,的确,我现在依然感到某种大洋两岸的"神奇联系"。如果中国与世界有着不解之缘、古老与年轻有着不解之缘,首先是与美国的不解之缘。尽管这种缘分依然有着不确定性,但其丰富性与寓言性是不言而喻的。

应磊来叫我们,王德威从楼道尽头大教室走出来,表示歉意。因为已是中午,穆润陶还要返回,王德威直接带我们去了考究的自助餐厅。

王德威高挑,很帅,我看到戈鲲化曾有的东西,也看到了戈鲲化没有的东西。斗转星移,有种难以言说的东西。王德威主持着一个高端汉语小说翻译项目,《天·藏》准备纳入其中,由穆润陶来翻译。穆润陶已部分地翻译了我三部小说,除了《天·藏》,还有《蒙面之城》以及新作《三个三重奏》。穆润陶认为《三个三重奏》的故事性与现实感都比较强,《天·藏》的翻译可否先放一放,先翻《三个三重奏》? 王德威认为还是《天·藏》在美国更有可能。两人探讨了一番,应磊博士也参与了讨论,她也读过《天·藏》,认同老师王德威的意见。穆润陶真正喜欢的也是《天·藏》,这下打消了疑虑,走时非常高兴。事情就是这样,交流,倾听,会更接近事物本身。

哈佛大学的演讲是同样的题目,像在明德学院一样,当我把"超幻"与拉美的"魔幻"联系起来时,听众一下明白了"超幻"的题旨:与玄幻或科幻都无关,与现实有关。拉美的魔幻现实主义在中国影响甚大,而超幻现实与魔幻现实最大的不同在于,拉美的魔幻还带有民间性,神话性,中国的超幻除了具有全部魔幻的特征,有一个内在的东西是拉美没有的,那就是逻辑,即所有看上去魔幻事物的背后,都有一个权力的逻辑。这个权力逻辑不魔幻,但是超幻。换句话说在不同层面,一个魔幻的事物是符合逻辑的,又是反逻辑的,这种既是逻辑的又是反逻辑的构成了超幻……面对这种超幻,文学何为?先不要说文学如何反映现实,先要解决文学如何认识现实……我以《三个三重奏》为例,讲了我对超幻现实的认识及其表现。

明德学院演讲的主持是穆润陶,哈佛大学演讲的主持是王德威,两位主持人风格不同,侧重不同,都先谈到了《天·藏》。王德威还提到了《沉默之门》,指出了其特殊的历史背景及唯一性。我多少有些感慨。我并不是一个热门的作家,但写作就是这样,不定什么时候就有超越性,被不知什么人阅读,仿佛总有某种薪火相传。既写作就要相信这种超越性,相信一种秘密的存在,这也是写作的真谛。

穆润陶谈到了我们在北京的相识,我们共同的朋友。演讲稿已被穆润陶译成了英文,分发给了近百名听众。我不知道下面还坐着《新英格兰评论》的主编,一位女士,她已看过我的英文演讲稿,听过演讲希望发表它,穆润陶后来告诉我这件事。但当时我坐在报告厅里,根本不知道下面坐的都是什么人。我想得最多的是许多年前弗洛斯特可能坐过这里,让我有一种无法言状的东西。我看了看穆润陶,好像要从穆润陶脸上寻找什么。

穆润陶坐我旁边,让我讲慢一点,PPT(一种演示文稿的软件)上滑动的英文会跟着我,这样就不用现场翻译了。如果我脱稿,穆润陶再现场翻译,这是事先商定好的。我当然不会照本宣科,演讲稿里没提到弗洛斯特,而我不期而遇地访问了弗洛斯特,领略了那条可以看作是选择的路也可看作未选择的路,对不同的人是不同的路。这些稿子外的事我当然要讲到。讲完的互动阶段十分有趣,同样由穆润陶现场翻译。一对希腊教授夫妇完全听懂了我讲的超幻,竟然提到希腊也有"超幻",让我惊讶不已,打破了我认为唯有中国才有超幻的感觉。穆润陶后来告诉我,这对希腊教授夫妇前不久才由明德学院从希腊邀请过来,教希腊语与希腊文学,学校为此在主校区中心位置为夫妇俩提供了一套带工作室的住宅。之所以带工作室是因为他们除了上专业课,兼有一个职能:每周在家中举办一次主题沙龙,邀请学生参加。沙龙提供晚餐,学生可网上报名,名额有限,每次不超过二十人。要求正装,晚礼服,讲究礼仪,然后由教授夫妇提出问题,大家讨论。

这是希腊过去有的方式吗?不管是否有,这都是一项特殊的教学方式。其意义在于这既是一种学习方式,又是一种生活方式,潜移默化会有一种文明源头的认同。文明是有历史的,特别对美国而言,历史虽短但文明并不短。这种方式大受欢迎,我在明德学院的短暂访问,其中一项活动即是参加一次希腊教授夫妇的周末主题沙龙。

演讲后的第二天,穆润陶陪我到了希腊教授夫妇家,这次沙龙的主题是"中文"。中国,希腊,美国——不仅是三个国家,也是三个文明。希腊、美国是有传承的,中国提供了异质的东西,以至这个晚上如此偶然而有趣。教授家的房子是白色的,隐在几株高大的树中,外面一眼看不到。经过一小段树丛中的木栅桥,已可以看到门内的学生,三三两两,作为私人住宅里的一种公共性在这里显而易见。我与希腊教授是主要对话者,同时还有别的话题区域,只要不影响主话题,三两人找个地方愿意聊什么都可以,谈情说爱也不妨,你又怎么分得清呢?轻松,自由,兴趣,食物,饮品,或站,或坐,衣冠整齐,是大学也是社交场所,思想、知识融于其中。

希腊教授个子不高,前额很宽,我不知道苏格拉底或柏拉图是否也是这样的前额,甚至个子也不高。当然,除了某种古典性,教授的现代性也十分明显,表情丰富,思维活跃,有幽默感。我们再次讨论了超幻,教授对我演讲中提到的"诗人与官员在同时自杀"的中国现象非常感兴趣,认为这一中国的超幻现实与古希腊悲剧有关。换句话说,这一晦涩的现象,也是希腊悲剧的主题之一:不可能的事情发生了,无关的变得相关。"弑父娶母"可能吗?不可能的,但在宿命中却是可能的——希腊教授说。但"诗人与官员同时或都在自杀"是否更宿命?更具有现代的复杂性?本来无关,却相互能指、所指,相互映照。

我对古希腊悲剧虽说不上陌生,但也从未把中国的超幻往古希腊悲剧上想,教授的联系让我颇为吃惊,脑子好像突然打开一孔窗。之前这孔窗即使存在也是隐性的,换句话说,没有教授的话它永远也不会打开,有也等于无。现在,我们穿越了时空,穿越了现实,使得交流与对话必然产生思想边界之外的东西,类似小行星从天外来。没有这种交流,就没有思想的小行星。后来即使转入了别的话题,我的脑海里仍然总是映现出某种后现代的戏剧空间:两孔幽暗的灯光打在一个诗人身上,一个官员身上,看上去无关,却在同一个舞台上,各说各话——各自吊着讲述为什么自杀。为什么自杀?这一命题事实上可以转换为“我是谁?我从哪里来?我到哪里去?”这样一个永恒的形而上的命题。

在哈佛大学,一个日本教授也提出了日本也有超幻,而当一个越南学者提到越南也有超幻时,我已经不再惊讶。自以为独特的其实世界上都存在,独特性从来就具有普遍性,这也是人类能够相互沟通的基础。但是什么意义上的普遍性?这个问题也仍然要问。换句话说,普遍性并不能因此代替独特性,特别对中国而言。

“你提到,在中国,时间是个高度压缩的内存,现实被压缩在时间模块里面,文学就是要释放这些内存,释放生命。请问文学怎么释放?”

“北京与西藏,这两者对你的写作构成了什么样的影响?”

“政府的权力就是个人的权力?”

站位不同，种种原因，有些问题我能回答，有些不能回答。有时思想的“窗子”虽然突然打开，却看不清什么。

演讲结束，强烈地想一个人散步，面对陌生。

与明德不同，哈佛厚重，建筑更欧洲化，颇有启蒙时期的特点。据说哈佛始建于 1636 年，早于美国建国一百多年。哈佛红构成的哲学楼、法学楼，以及白色的罗马柱透出的厚重感和历史调子有点不像美国。这里知识太密集了，如同建筑一样密集，一座座绛红教学楼像堡垒一样结实，内向，固执，以至草坪与橡树虽然同样打眼，但在楼宇中完全是配角。这里不会有自然派诗人，当然，也不会否定自然派诗人，但会有别的东西。

在哲学楼前伫立良久，不禁想起了北京五四大街上的老北大红楼，这个“哈佛红”与老北大的“北大红”有什么渊源吗？其实拿出手机轻轻一点就可能查到是否有关系，但是我没有查。海风斜吹，淅淅沥沥的雨中，哈佛红越发有一种凝重，深厚，一种超越美国历史的底蕴。

北大也有超越性。有吗？

就像在北大一样，哈佛也有中国旅行团，连游人的东北口音都听得清清楚楚，无论如何，异国他乡令我感到异常的亲切。人们在一尊青铜雕像前留影留念，我完全不知雕像是谁，导游告诉是哈佛校长。吓了我一跳，校长活着就已成了雕像？后来才知是哈佛创始人。旅行团的人走了，我差点跟着旅行团走。走了几步，一个人定住。

又一个人走过来，我问：查尔斯河怎么走？要不要一块儿去？

没人回答我。

到了查尔斯河边，有皮划艇自桥洞飞快划过来。桥上路口红灯，停着大队的汽车。远处还有若干座桥，车行如烟。仅从桥的数量判断，我大概也就走了校区的三分之一，或四分之一，我不能确定。不能再走了，决定返回。陌生地走了那么远，竟然分毫不差地原路返回。又到了红色哲学楼前，哲学楼几乎是哈佛入口，但怎么没再看到雕像？

事实上并没原路返回，但我还是回来了。

哈佛艺术馆，或者波士顿艺术馆，费城艺术馆，华盛顿艺术馆，纽约大都会博物馆，纽约现代艺术馆，我都去了，但真正给我深刻印象的是位于53街的纽约现代艺术馆。大都会博物馆声名显赫，几大古老文明的藏品闻名遐迩，似乎不亚于大英博物馆。我看到了古代中国的藏品。抛开别的，仅就艺术与审美，我不习惯在国外看到古中国，在希腊之外看到古希腊，在埃及之外看到古埃及，在罗马之外看到古罗马。如果我没目睹过这些文明，在大都会我会感到某种见识上的满足，但此刻，在纽约看到博物馆的标本般的埃及、希腊、罗马、中国，越发有种集中的不适感，几欲离开。与民族主义无关，我不光看到中国的难受，看到埃及的也难受，希腊的也难受，如果非说这是民族主义，那这儿就是帝国主义。民族主义与帝国主义天然分不开。而作为艺术的文明，它们被移动了，空运了，置换到别处，就真的死了——因为在原产地无论多老，它们都还有根系，与亘古的土地一起活着。但移走之后，哪怕是完美地移走——最大限度保持原状、原环境，仍然只能是知识，历史，技术，概念。它们可以是一切，唯独不再是艺术，因为没有生命。

艺术即生命，博物馆有知识无生命。

除非是建在原址的博物馆。

去过波士顿艺术馆（大量的古埃及馆藏，许多是原封不动搬来，与现场完全一样，越是处理得原汁原味就越有一种切肤之痛）后，本没打算再去大都会博物馆，觉得够了，但听人说大都会正好有一个准备了很久的馆藏“唐宋元明清艺术展”开幕，抱着最后的好奇去了。结果还是知识，掌故，以及展陈了许多艺术品的传承过程，艺术本身退到边缘，像一束束干花，木乃伊，而且甚至即使从纯粹知识掌故角度，比起原产地哪怕省市级博物馆，也有一种飘浮之感。特别是水墨画，在东方已经很干，但一息尚存，甚至与空气还有着某种联系，无根之后，彻底地干死——与其说是展示艺术，某种意义不如说是展示死亡。

有意味的是，展览入口过厅的开幕表演倒颇有生气：一个似乎西班牙的女人在过厅的一头唱歌剧，另一头一个女人远远地坐着听，两人就像静物一样。两人中间是巨幅的敦煌壁画，整个空间都被壁画笼罩，而咏叹调的声音与古老的空间极不相符，但因为不符反倒更有意味，更有一种张力。或许这就是当今的世界：一种折叠的方式，一种不可能的叙事，一种类似小说的结构——敦煌，西班牙，歌剧，中国，美国——无关地拼贴在一起，反倒产生了另一层次上的相关。这种相关不传递知识、掌故，而是建构、营建，是化学反应，是事物与事物之间的现代混搭。

这种场景应该属于纽约现代艺术馆而不是大都会，因此在这个意义上当我来到纽约53街的现代艺术馆，一种强烈的对美国的认同油然而生，我感到一种原生的、在场的、活力迸发的东西，全方位地扑面而来。现代艺术馆与时间没有分裂，完全一致，几乎共生，并且还在生成。正因为如此，我感到大都会不是美国。大都会宏富，应有尽有，囊括世界各地，但不是世界，也不是美国。现代艺术馆才是美国，它没有囊括世界，却是世界。现代艺术馆的艺术同样来自世界，但到了这儿全变成美国的了，塞尚是，毕加索是，蒙德里安是，塔皮埃斯是……这是发生学意义上的美国，这是世界艺术家敏感的前沿。在这里，实验、形式、触角一方面在穷尽，一方面还在突破、裂变，哪怕是很小或在极其边缘上突破——这就是发生学。

当代艺术事实上就是在“穷尽”与“无限”的很窄的空间中，

无限地展开自己。尽管任何时候艺术方向都不明确，但每一种新的形式都是一种掘进与攀岩，而活力恰恰就体现在“窄”上。

艺术与精神从来就是“窄”之事，而纽约现代艺术馆收藏了多少“窄”？每个人都是“窄”的，而且“窄”现在还在打开、将要打开，所有活着的生成的艺术、形式在这里汇聚、历险、失败、成功，这一切与时间同步，汇成统一性。但具体到每个艺术家，又是孤立的，个体的，像明德森林中的瑞贝卡。瑞贝卡在森林深处是多么的孤立、绝对的个体，与成功失败都无关，但又绝对是世界的；任何个体绝对的深度都反映着整体，马蒂斯是这样，杜尚是这样，沃霍尔是这样，洛奇是这样，凡·高是这样，瑞贝卡是这样，包括这里的中国的徐冰，以及日本的、马来西亚的、墨西哥的、非洲的艺术家……大都会虽大，但国界异常分明，现代艺术馆虽居纽约，却没有国界。

“你画的是什么？为什么要这样画？”在明德森林我曾问瑞贝卡。

“不是我要画，是画要我画，画在画我。”瑞贝卡说。

“你考虑过市场吗？”

“这是经纪人的事。画对我是一种生活，命令，我是一个执行者。”

“执行者？”我像重复神的语言，在森林中。

“它有自己的语言，我不过是在记录它。”

艺术的主体一旦倒过来，不是人支配作品，而是作品支配人，艺术便是人与神的对话。神支配着人——但这个神是绝对个人化的神，不是任何别人的神；而绝对的个人，才有绝对的自己的神。

望着返回途中的阿拉斯加，白令海峡，我在想瑞贝卡的话。我想——瑞贝卡的话是我拒绝大都会最好的理由。我不知道瑞贝卡去没去过大都会。穆润陶也没去过哈佛，非常个人，非常自然。当个人化对我来说还是一种坚持而不是自然，我觉得我的路还长。

2016 年 6 月 12 日于潮白西岸

雅加达之鸟

马航失联不久，我开始飞越类似航线，飞往雅加达，毫无疑问，飞越了马来西亚。我不是去搜索什么——虽然也不时朝下看看，我是去参加有十五个国家作家参加的东盟文学节。十五国除了东盟十国，还有中国、美国、俄罗斯、韩国、澳大利亚。差不多七个小时的飞行，谢天谢地，没有任何意外，没有可怕的劫机，包括非常可能的机长劫机，飞机平安降落在雅加达机场。从机场到酒店没有穿过著名的独立广场，但我还是觉得到过雅加达。1968 年的一个绵绵的声音犹在耳畔："刘少奇主席和他的夫人王光美来到了雅加达……"虽然听起来非常好听，但一听就是资产阶级声音，就是去投降，投敌叛国。从那个时代过来的人都知道，这是当时一部供批判的纪录片《刘少奇访问印尼》里的解说声音。1968 年我九岁，九岁就已经很分裂，影片让我看得入迷，我记得是在大栅栏同乐电影院看的，看得我忘记了身在何处。我一点也不觉得有什么问题,觉得雅加达美极了,像童话,像天堂,街道、迎宾车、摩托车队、白手套,漂亮得不可思议的高楼大厦,宽广的街道、方尖碑、喷泉、碧绿草坪、参天绿树,刘少奇与王光美微笑地招手穿过街景。电影一落幕班里立刻组织批判,我却怎么也回不过神儿来。这么美好,非说是丑的,腐朽的,投降的,也加上那时小,一下就晕了。这一幕后来总是让我想起我们家现在的狗狗,它非常聪明,比任何狗都聪明,有时候我不懂的它都懂,它能知道我想什么,但有时它明明做了好事,我却批评它,呵斥它,它就晕了,当时就惊呆了。雅加达,联系着我晕晕乎乎的童年,我的小狗,我现在还有点晕,可能就是那时落下的毛病——你说,没事我搜什么碎片呢?

从小没学过外语,后来也来不及认真学,学的那点早忘到我正好要去的爪哇国了,别说外语了,就连多少有点口音的方言我也听不懂。尽管配了翻译,但翻译不能时时跟着我,主要是我发言时翻译才提供正当服务,其他全靠自己了。落实我讲的题目也让我有点郁闷,民主、人权与文学,这可不能瞎讲,就算讲对了也可能是错的,这又不是在家里怎么都好说。我对翻译一再强调可不能瞎翻,但说句实话我不知道他到底怎么翻,听到掌声我想可能什么地方弄错了。某些方面我是相当聪明的人,九岁就有过训练。

没有语言,非常寂寞,我是多么羡慕那些多少懂点英语的人,各国作家大部分在用英语交谈,虽然一看就知道说得不怎么样,但使劲在那儿说，比比画画，多费劲呀还在那儿说，但是他们在说。

我甚至连汉语也张不开口了，跟谁说呢？我还起得特别早，虽到了南半球，但还是北半球的习惯。某些方面南半球的早晨与北半球的早晨也没什么不同，比如鸟的叫声在我听来就完全一样。我觉得鸟语是那样的亲切，特别是早晨的鸟叫是全世界通行的语言，即便英语也无法与之相比。我听不懂英语，但窗外，雅加达雨后树上的至少三种语言我都听懂了，我听到画眉、雀、燕子们在谈论早晨和天气，但主要是在谈论梦，交换昨晚的梦。即使它们不是我在北京的书斋“云居”之外的鸟，我也认识它们，听得懂它们，虽然任何地方的鸟都不认识我。在我看来鸟是世界主义者，诗人、小说家或者批评家凡是从事语言工作的人都应该向鸟学习，因为无论在哪儿鸟叫听上去都是乡音，而且没有方言。

即使没有语言，在博物馆我还是发现了大量我所需的陌生元素，木雕，花纹，原始的抽象图案，太平洋土著与非洲——我曾在非洲沉默地旅行——给世界提供了大量的陌生元素，影响了整个世界的直觉。现代艺术领域的原始主义显然尚远未用尽，还有许多可能有待处理。在世界任何一个角落总是不由想起中国，中国为世界提供的陌生要复杂得多，在某种意义上也艰难得多，更富有挑战性，中国自成体系，不仅在直觉上起作用，更在复杂意识形态与审美上起作用。意识到自身的陌生与复杂，如何转换一个文明的陌生，不能靠更多是小儿科的汉学家，恐怕只能靠我们自身。

虽然我一言不发，内心却充满了语言。

天天有雨，夜夜有闪电，有时黎明与闪电颇有相似之处，瞬间都变成了白色，世界清晰可见。以我睡醒为中心，闪电总是早于黎明，但显然黎明不是由闪电带来的，不是这个逻辑，二者相互没有因果关系。事物有时会在非逻辑中相似，非逻辑关系的相似无疑是一种诗的东西，但或许也是历史的东西，甚至日常的东西。非逻辑相似使维度溢出、并置，让人感到有更高的东西控制着相似而不合逻辑的事物，如同许多语言不通的人却在一起使劲交流。

尽管似乎有天上的许多鸟做翻译，但谁又听得懂这时的鸟的语言？柬埔寨，老挝，俄国，韩国，越南，美国，泰国，菲律宾，甚至后来听说荷兰的一位诗人和德国的一个翻译家也跑来了，比比画画。我什么也听不懂，我觉得没有比语言的混乱更混乱的了，特别是这些以语言为业的人，自身都是鸟的一种，那就更加混乱。当然也许不是这样。肯定不是这样。我要懂一点点英语也不会是这样，这是我的问题。如果我哪怕记得一点单词，我的手势肯定会将陈氏太极拳用上去，那才叫手势，多有文化的手势呀。有时在会场上我真的忍不住想打一趟太极拳：嗨，你们都听我说！文学节每天有两场对话讨论，上午一场下午一场，我的翻译有时给我翻，有时不翻，我的发言是他的正差，其他可翻可不翻，我也不好意思多问。我恨翻译，我对鸟充满了感情，幸好在雅加达我还听得懂鸟的语言。不想太极拳的时候我经常深情地望着天上的鸟，它们真的有时会跟我打招呼,让我觉得好像在北京云居一样。

本来聚首是为了交流,但交流却成为最大阻碍,早晨或黎明,我有时会听着雨望着鸟发出莫名感叹。南半球雨中的早晨如此寻常,但想起地球北方又觉得不寻常。事实上这儿的雨不同地球北方的雨,伸出手去,这儿的雨温、软、绵,仿佛浴室中的雨水。雨声中仍有一些鸟叫,都是小鸟,雀或燕,缩在什么地方,仿佛不叫不行。而那些大鸟在雨中沉默了,它们已见多识广。就像维特根斯坦说的,对于那些无法说的应该保持沉默。我相信那些大鸟都读过维特根斯坦。九岁时看"雅加达"我喜欢叫,四十五年后我沉默了许多。我也读过维特根斯坦,但说句实话我至今不明白为什么要沉默。

文学节闭幕了,终于有了不同于语言的东西,有了狂欢、火、诗歌。我们和当地人一起来到广场,升起了一盏盏中国的孔明灯,有音乐和诗歌朗诵,雅加达上空冉冉升起了文学之火。像音乐一样古老的诗歌、人类最古老的图腾在太平洋岛国上依然存在,手臂像初民时依然向上,指向火,指向南半球的夜空。人类的文学在这儿以最初的形式存在,心灵简单,毫不复杂,任何不同角落的语言这时都已相通,如同任何鸟的语言简单一致。这时所有的鸟都是一只鸟,诗都是一首诗,诗人面对火也趋向一致。

2014 年

时间戏剧

约讷河将把我带往另一个城市,在幻觉的一动不动的旅途上,我能记起一点尼斯的是它的海水。我刚刚离开那个小城,那时天气不错,阿尔卑斯山伸向大海,卵石构成岸,因此海水非常蓝,比天还蓝。我曾在高原的拉萨河的蓝中照见过自己,在这里又发生了同样的事。我掬起海水,一如当年掬起拉萨河,我想看看水到了我手上是否还那样蓝,是否还像宝石一样,结果发现了我的手指和掌纹,它们几乎被放大了,我无法形容,感到陌生。我不好说我的手变得有些女性化,但我确实觉得那像别人的手或者女人的手。我从黄昏看到夜晚,看到阿尔卑斯山的夜色对蓝色海水的入侵,女性化的尼斯凉下来,沉在黑暗中。我觉得任何一处海水都不像尼斯的海水那样不喜欢夜,即使邮轮和岸上的辉煌也不能改变海水的黯然失色。

街上,夜晚的美丽如同烟花的美丽,极尽奢华,被称作英国人或法国人散步大道的两侧酒店林立，光芒四射，灯红酒绿，所谓的天上人间大致如此。我承认我感到目眩，同时也知道这一切与我无关。我离开海滨，背对奢华，向偏僻山麓走去。我的眼睛渐渐变得安静下来，阿尔卑斯下的小城在山脚展现出原有的朴素与真实，街角的啤酒桶，石径，漆黑的金属窗棂，寂静的酒吧，这一切都更吸引我。我走进一家小酒馆，要了啤酒，靠窗坐下。这里过往游客不多，游人都在海滨大道，在戛纳，因此这里显然是老主顾，甚至连背包客也没有。小酒馆古色古香，有吧台，靠窗的桌，雕花木格子刚刚高过桌面，大体把客人分隔开来。

没有人注意我，东方人在小城已司空见惯。酒馆很老，以致我没看见一个年轻人，大多是中年人，他们坐在磨损的吧台上，饮酒，互相使眼色，显然是为了包白头巾的老板娘。一个人显然喝了不少，舞动酒杯，神气活现，向老板娘喋喋不休，拉扯老板娘的衣袖，后来竟跳下吧椅原地旋转起来，非常专业。不能小看这个人，说不定他是个舞台艺术家，至少曾经是。而今大约潦倒了，这人形销骨立，酒使人瘦，现在他是个十足的酒鬼。他转了一会儿回到吧椅上，继续拉扯老板娘的衣袖。老板娘神清气定，倒酒，擦杯子，打酒鬼的手，看也不看酒鬼，就像舞台上一样。这正是我要找的，想看到的，这方面我已有相当的经验，我同样是个角色——我是说在可能的别人的眼里。但我没发现这样的眼睛，我与小酒馆已融为一体，时间短暂而漫长。我希望有人在酒馆写作，比如马尔克斯或海明威或本地的诗人,但是没有,没有一个作者。

吧台靠门的另一个人,戴着细边眼镜,脑门很亮,不是年轻人,但神态干净天真,衣着得体,一直不说话,只是用表情与周边有交流,非常谙熟的交流,显然也不是一天两天了。这是四个人中唯一读书人的模样,让我想起萨特或尤奈斯库还不太老的时候。不过我不认为他是个戏剧家,他顶多是戏剧中的人物。我们的左侧,也就是过道上,还摆了一套桌椅,它们本不在格局之内,却摆在了过道里,像是临时加的,离我大约一米的样子,一直趴着一个女人,半天都不动了。从侧面看她脸色暗红,头发卷曲,她身后站着一个瘦弱的男孩,十一二岁的样子。不用说女人喝多了,这一点甚至从男孩的表情上也可以看出来。我觉得男孩像《词语》中的少年,看上去无奈,镇定,甚至冷漠。他的母亲在这儿喝多了,并且经常如此,他没有办法。就算事情至此,已足可以让我在旅途上闭目品味,比如古典的欧洲,文化的欧洲,甚或没落的欧洲。文化因没落才愈显其价值,而勃兴总是遭诟病,据说法国人从不把牛仔放眼里。这是说不清的事,我更同情法国一点。

我继续讲这对母子。我记得当我的啤酒要到第二杯时,女人突然抬起头,睡了一大觉似的望着前方,眼底浑浊,肤色很深,即使不喝酒也不是老板娘的白嫩皮肤,如果把头发梳一下仍是个有品位的女人。女人并未感到我注视的目光,当她做梦似的突然朝向我,我们相视,各有各的理由。男孩向女人指了指我,对女人说了些什么，然后女人对我说了句什么，我摆摆手。我不想招惹她，无论她是向我打招呼，还是问我是否能请她喝一杯。在她眼里，我大概是那种典型的寡味的东方人。女人摇摇头，拿起酒杯，酒杯空空如也，她发脾气地放下，又埋下了头，像刚才一样。我以一种平静观察着一切，也拒绝着一切，我让她感到不愉快。男孩与女人说的话无疑与我有关，但时至今日我不知他说了什么，我甚至猜测不出男孩能说什么。女人显然是由于男孩的指点才醉眼蒙眬注意到我，男孩会提醒母亲让一个陌生人请女人喝一杯吗？如果不是，那么男孩的意思是什么？也许仅仅是让女人清醒一点？难道东方人看着就让人清醒？

女人埋头后并未再次进入梦乡，而是慢慢地向后滑，椅子发出了吱吱的响声，到了一定程度男孩终于出手，拉住了女人。男孩拽起女人，非常吃力，我看到男孩的脸都憋红了，应该有人帮男孩一把，那么多老主顾，但是没有。男孩把女人一条醉了的手臂吃力地放在自己肩上，搂着女人的腰开始向外走。其实我并不比别人冷漠，我发现在场的人甚至比我还若无其事，只是躲闪，没人伸出手。一个十岁男孩架着出了名的醉鬼母亲，我想这大概是事物的核心，是经常上演的生活。至于男孩的父亲，我想这里人比我清楚，不过我知道，现代的父亲似乎比战争时期失去的还要多。都去哪儿了？谁知道呢。

女人坐着的时候醉态还不明显，一旦站起来头发散了一脸，跌跌撞撞，根本不能走路，途中又被桌腿绊了一下，突然向下倒去。那一刹那，我看到男孩拼出全力撑住了母亲，没让女人倒在地上，而是顺势趴在了邻近的桌子上。男孩真是了不起。现在，他面对烂醉如泥的母亲，一点办法也没有了。女人伏在别人桌上并越过了桌子，脸朝地面，两手无力地垂下，头发如瀑垂到地面。如果女人不是大醉，男孩尚能扶着母亲回家，现在男孩只能向别人屈服。他转过身，迟疑地，向着吧台的男人们走去。他走到一个戴圆眼镜的男人跟前，向男人说着什么。这种情形显然不是第一次，男孩大概求过所有的男人，我不认为每次都是无代价的，男孩绝望的但并不热切的祈求完全是听天由命的，显然是碰过壁的。戴眼镜的男人迟疑了一些时候，不情愿地或者重复以前地下了吧台，与男孩走过去，很熟练地一同架起头朝下的女人。我想假如这个男人是男孩的父亲，这个有可能吗？那将是一个真正的戏剧场面，那倒符合真正的荒诞精神。但日常就是日常，日常比戏剧更让人无奈。女人虽然醉了，但就在男人架起女人的一刹那，我甚至认为女人是清醒的。我看到了女人血红眼睑中深黑的眼睛那样看着什么，我无法形容，我认为我看到了杜拉斯晚年的眼神。我一直目送着三个叠在一起的人。三位一体。他们过了十字路口，消失在一条小巷。我想，假如男人不回来了呢？如果不回来，那么他会是男孩的父亲？我期望是，但我觉得是比不是还悲哀。

我的想象尚未完全展开，就已看见戴眼镜的男人。他回到酒吧，像什么事也没发生一样，仍坐在原来的吧椅上，喝那杯马提尼酒或杜松子酒，而不是啤酒。我的戏剧精神再次回到现实，那个转圈酒鬼仍跳来跳去，追着包方巾的老板娘，神气活现，拉老板娘的手，被打掉，把杯子递上去，再来一杯。我似乎被感染，要了第三杯，品着时光以及我自己。我非但没有世纪末叶的感觉，反倒有一种回到世纪初之感。我觉得一切都没变，光阴，时序，布景，酒，光感。《等待戈多》是一部糟糕的戏，是一种纯文人形而上的挣扎。这里根本没人在等待，等什么呢？人们活着，平淡，孤立，极端个人，品着每一秒钟的生命，被每一个具体的想法、时态与细节引向时间深处。深处一无所有，像河流，带走一切，周而复始。

2004 年

巴特之塔

莫泊桑站在铁塔上说,铁塔是巴黎唯一一处不是非得看见铁塔的地方。罗兰·巴特进一步说,在巴黎,你要想看不见埃菲尔铁塔,就得时时处处小心。这些话说得巧妙但华而不实,倒是法国人的风格。我见到铁塔是困难的,在飞机上,在里昂到巴黎的火车上,我都没一下见到铁塔。当然我最终还是见到了。铁塔不宜近看,还是远观或停留在明信片上比较好,近看太真实,太简单。我不喜欢铁塔,一点也不喜欢。当我置身于铁塔之下,我发现无论是我还是铁塔,都有某种东西开始脱落,我觉得铁塔丑陋无比。我的天空被巨大的穹隆笼罩,梦想的巴黎被铁条分隔,我不能说感觉自己像个囚徒,但我确实感到巨大的紧张、压抑,甚至愤怒。

没有灯照的铁塔毫无美感,就是一堆生铁,简单生硬,完全是由简单的几何逻辑构成了它的强大、繁复与极端向上的空间。由此铁塔甚至产生了一种不可理喻的或者说非理性的东西,正如一种抽象理性发展到极致就成为不可理喻,不可一世。铁塔绝不像它在明信片上那样与法国谐调,那是被各种辅助手段虚幻的结果。事实上铁塔在法国出现得十分怪异,我觉得铁塔某种意义更像是德意志哲学的产物,铁塔是一种超越与疯狂的哲学,像尼采或瓦格纳的歌剧。我不知道俾斯麦或希特勒站在埃菲尔铁塔上是否感觉更好一点,但我知道后者的宣传部长一到巴黎便上了铁塔,并大喊大叫。

铁塔不代表法国精神,至少它与法兰西文化无关。

我后来查阅历史,铁塔建立之初并非没有争议,事实上很多人反对铁塔,巴黎人不仅觉得它破坏了巴黎,而且还是不祥之物。法国人的天才在于他们的本能与直觉,通常都是对的。从后来的情况看也证明了铁塔是不祥之物,两次铁血战争甚至欧洲的被超越,很难说与铁塔没有神秘的联系。铁塔预示一条没有边界的指向,至今仍有某种精神想握住它,仍在起作用。拆除铁塔的动议在世纪之初一直不断被提出,有几次几乎已决定了。但随着时间推移铁塔获得了时间的许可,强烈的不满与愤怒中若干次几乎被动议拆除,动议早已销声匿迹,一切都已不再被提起。法国人后来做的全部事情就是诠释铁塔,美化铁塔,改变铁塔,以致巴黎实际上存在着两个铁塔。

是的,法国人一直在做一项工作:试图改变铁塔或用语言重新建一座铁塔,使铁塔成为全人类的,而不再是异己的不祥之物。语言的铁塔行之有效,以至全世界都相信铁塔已取代巴黎圣母院成为法国的象征,精神的出口,某种通往天空的梦想的捷径。铁塔不再是怪物,成为典型的现代神话。

解构主义者罗兰·巴特在解构铁塔时显示了他语言的天才,巴特不再纠缠铁塔本身对人类本能的伤害,而是转而对铁塔的功能展开了语言分析。首先,巴特在《埃菲尔铁塔》一文中说,铁塔在诞生之前就已经存在人们心中了。虽然这几乎是一句废话,但它的确带有一锤定音不容置疑的性质。我们为什么要去参观埃菲尔铁塔呢?巴特说,毫无疑问,是为了参与一个梦想,铁塔并不是一种通常的景物,走进铁塔向上爬去,沿着一层层通道环行,等于是既单纯又深刻地临近一种景象,并探索一件物体的内部,把旅游的仪式转换为对景观和智慧的历险。

> 每一个铁塔的参观者都在不知觉实践着结构主义:巴黎在他身下铺开,他自动地区分开各个地点,但并没停止把各个地点联结起来,在一个大功能空间内来感知它们。他在进行区分和组合,巴黎对他呈现为一个潜在的为理智准备好的、向理智开放的对象,但他必须运用最后的心智活动亲自将巴黎结构出来。让我们在铁塔上看一看巴黎的全景图吧:你可以分辨出由夏约宫倾斜而下的山丘,在那边是波罗纳森林。但凯旋门在哪儿呢?你看不见它,它的不在,迫使你再

一次审视全景，寻找这个在你的结构中失去的地点。你的知识在和你的感觉做斗争，而且在某种意义上这就是理智的含义：去结构。

这是迄今为止我见到的对铁塔最成功的辩护，但我仍然不能同意巴特的观点。当巴特把铁塔当成巴黎的“眼睛”，巴特的确是杰出的，问题在于你是看铁塔，还是看巴黎？巴特难道可以只让人们借助铁塔“结构”巴黎而对铁塔视而不见？让铁塔也像人一样成为自身视觉系统的盲点？事实是当我还没置身于铁塔之上，铁塔就已让我的视觉系统因震慑而目瞪口呆，我的“智慧的历险”更倾向于此时对铁塔的专注，抓住内心的反弹不放。我是固执的。我对巴黎并无研究的兴趣。夏约宫在哪儿，凯旋门在哪儿，波罗纳森林在哪儿，这对于一个匆匆的过客真的有意义吗？仅从巴特对铁塔的辩护，显然巴特仍是一个结构主义者。巴特的盲点显而易见，《埃菲尔铁塔》一文只对法国人有效。

2004年

阿姆斯特丹

水。音乐性。建筑与秋天。雨把秋色点燃,因而更鲜艳、纯粹。建筑像树木一样,也有季节:阿姆斯特丹是欧洲北部的一片纯正的枫叶。我随季节到了荷兰,随秋天到了阿姆斯特丹。秋天像火,但雨把它打湿了,水与火构成了荷兰湿漉漉的亮色。我已经很累,荷兰给了我一份意想不到的安宁。

那就让斯宾诺莎安睡吧,让伦勃朗,让凡·高,让高更,让蒙德里安,让劳特累克,让塞尚,安睡吧。不打扰他们了,也不去想他们。我只想拥有一个纯粹的荷兰,一个陌生的却是我个人的阿姆斯特丹。我懂得自然界的语言,也读得懂建筑的语言,我对语言不再有任何要求。在鹿特丹我渡过了莱茵河。因为就要入海,莱茵河的宽广让我吃惊,像武汉的长江一样宽,颜色也一样,甚至两岸的辽阔与空蒙也一样。

我不能想象荷兰这样美丽如风景画片的国度,能容纳下这样宽广的大河。无疑莱茵河泛滥起来是可以吞没一个像荷兰这样的明信片般的国家的。但是没有,从来没有,也不能有。荷兰很小,但因为莱茵河获得了一种宏大的胸襟和气魄。它的工业和贸易触角伸向全球,包括我的剃须刀与随身听都是荷兰生产的。

小国有大的气魄,而大国常大而不当。

是的,我越来越倾向小的事物,倾向于细节与内心,就像我昨天在贝特留斯山谷那样,一个人,和清晨,和一条山谷,和山谷中沉睡的建筑。我在谷底散步,什么也不思,什么也不想,甚至不想这是一个叫卢森堡的地方。我只想深深地沉浸于自我,只想与幽深的石径与桥、早雾和流水相遇,只想进入谷底火红的枫林,进入那些秋天的果实,撇开一切相关的历史、文化和传说。

我在古建筑构成的石径上与一个卢森堡老人远远相视,两侧是尚在沉睡中的窗和门。我沿径而下,老人在下面,在细雨中靠着门板吸烟斗。旁边的门只开了一扇,很小的一扇门,另一扇门还关着,碎石径泛着早晨特有的那种有过夜雨的白光。因为整个谷中似乎只有我和老人,当我们擦肩而过,就在我们相视的那一瞬,我看到老人在用目光向我致意——一个苍老的像是失眠了五十年的笑意。"您好。"我情不自禁地说。我相信老人也说了同样的话,因为他的嘴唇动了一下。这时,只要开口,无论何种语言,人类都能听懂。但是我们的确不能再说什么,我们只有各怀着内心的波澜擦肩而过。我觉得老人的笑十分长久,就像上帝的底片可以被重复洗印出来。我到了谷底,到了川流不息的贝特留斯河的一座桥上,就像现在我站在阿姆斯特丹的雨中,看着湿透的街景,运河,游船,两岸音乐般的建筑,老人失眠的微笑就在河上,河上的白光一如老人的白发。老人就是老人,就是一种存在,没有任何别的意义。

我上了一条游船,船上大约有五十个座位,但只有不多的人,多数座位空着。我喜欢那些空着的座位。游船在如网的河上航行,就像汽车在公路上。荷兰是个水上国家,阿姆斯特丹是个水上城市。阿姆斯特丹没有什么特别讲究的桥,不像塞纳河上的桥,有着那么多的人文积淀和历史钩沉。在巴黎,我曾在塞纳河上试图找到米拉博桥,但其实也许我就在那座桥上,如果没有语言,我觉得巴黎的任何一座桥都可能是米拉博桥。或许荷兰也有这样的桥?但我不再去想这些。我愿桥就是桥,就是一种连接,一种简朴,像阿姆斯特丹的数百座普通的旧桥。还有什么比水更朴素的?桥也应该这样。但岸上的建筑无疑应是典雅的、暖色调的,像古典音乐,是室内的。

欧洲的古色古香到了荷兰达到了某种极致,已有了北欧的某种宁静氛围。但她又是暖色的,没有极昼或极夜的那种静止与虚无。荷兰四季分明,时间生动而准确。雨后,夕阳的光从教堂灰色尖顶打过来,照在城市暗色调的河上,红色准时地成为建筑的背景。特别是夜幕降临时,被古色古香建筑划分的晚景与城市初燃的灯火辉映在河上,那一瞬间,仿佛天火已燃了一个世纪,就要熄于世纪末叶。

欧洲是太安静了,安静得似乎只有等待,让人不安。

2004年

文明的墓地

火车驶出夜晚的开罗,城市灯火渐稀,窗外黑色茫茫。我睡眠不好,在火车上更无法成眠。尼罗河可能就在身边,却咫尺天涯,我看不见她。毫无疑问火车沿着尼罗河行驶,直到一个名叫阿斯旺的地方。那是火车终点,但不是河流的终点。在地图上,我曾无数次想象过尼罗河,现在她就在我身旁,可我仍要像远在千里万里之外地想象她。夜晚我数次拨开疾驶列车的窗帘,但是一无所见,我甚至只在窗玻璃上看到了自己的面孔,如同我在国内旅行常有的那样。

白天已参观过金字塔、古埃及博物馆,与纪元前三千年的墓葬文明——数万个橱窗一一会晤,说实话我的感觉并不好,金字塔是真实的墓地,而古埃及博物馆则像六千年墓地的盛宴,虽琳琅满目,却让人窒息。文明与墓地与死亡总是联系在一起,仿佛古文明在发端之日,就预见了自己的死亡。在始皇陵我曾遥想金字塔,现在在金字塔又遥想始皇陵,我相信埃及人与中国人有着某种相似的感受,伟大已成往事,成墓地,因此我们不能像西方旅游者那样对地下灿烂文明既惊叹,又轻松。我觉得我熟悉埃及的一切,一切都在让我回望,让我回到过去,仿佛我们仍是那个时代的人。我不能说我们的文明太重,但我们的确无法轻松。我记得里根当年在参观秦兵马俑时曾发出“伟大”的赞叹,但同时又对着庞大而宁静的士兵喊了一声“稍息”。这是美国人的幽默,美国人与古埃及古中国没有联系,我们绝对发不出这种幽默。

因此我更向往埃及的河流,我赞同埃米尔·路德维希(《尼罗河传》的作者)的观点:“无论法老有多么长寿、多么强大,即使他大肆宣扬登极四次,尼罗河仍要比他长寿和强大一千倍。从早晨时刻永恒的运动开始,度过岁月、度过年代,法老接受了他所有的权力,但请注意——实际上现在只留下了三个雕像,第四个雕像上面的砂岩部分已倒在自己脚下。”

这是真实的场景,对此我不想置评。

2012年

冲动的河流

阿斯旺是个美丽的小城,尼罗河平滑如镜,岸上绿树成荫,古老的旅游马在一路铃声中招揽着生意,在便道上奔驰。即使不坐上去,即使只在路边看着它花哨奔跑的样子也让人高兴。阿斯旺因水坝驰名世界,在三峡大坝未建成之前它仍是世界第一,此刻,北京作家团一行就站在这条大坝上。大坝高一百一十米,上游库区烟波浩渺,水天一色,而飞流直下的尼罗河在远处同样安静,如同梦幻。尼罗河因一条大坝仿佛把一个古老的梦分成了两个梦,人站在大坝上仿佛手挽两条不同彩练,跳一种两重天的造型强烈的舞。三天以后我在红海"一千零一夜"的舞台上的确看到了类似的舞,让我不禁想起阿斯旺的情景。那是一个阿拉伯男子,身着彩色舞衣,随着音乐翩然旋转,当音乐的速度加快,舞者的裙摆也跟着飞扬起来,极像一张彩色的大伞;当速度转到最高点,裙子竟然分开成为上下两层,上面那层慢慢上升,形成一个倒伞,包裹起舞者头部。突然间，这伞又滑到舞者的手上，变成了名副其实的大伞舞！那真是千变万化、如幻如梦。据说这种舞蹈是由13世纪伊斯兰神秘教派哲学家所创，是为了冥想之用。透过单调、简单的动作，达到宗教的高潮与冥想之境。我不知道建造阿斯旺水坝是否受到这种古老舞蹈的启示，但我的确在大坝的风中感到了旋转，甚至在一种眩晕的飞速的如梦如幻的落差中产生了瞬间的冥想：我就是那个圆点。

阿斯旺的确让人冥想。

由于大坝的建造，埃及的经济获益匪浅，但是也为此付出代价，一种诞生于尼罗河的古老水文——时间节律，随着大坝耸起彻底不复存在，六千年的古老文明实际上到1970年大坝耸起才真正宣告结束。

公元前四千年，埃及人就把一年确定为三百六十五天。在古王国时代，当清晨天狼星出现在下埃及的地平线上，也就是天狼星与太阳同时升起——天文学上称为偕日升时，尼罗河开始泛滥。泛滥的时间非常准确，简直就像钟表一样，古埃及人把这一天称为一年的第一天。那时观测天象的祭司清晨密切注视着东方地平线，就是为了找到那颗天狼星。

“啊，天狼星和太阳同时出现了！”

身材高瘦、脸庞黝黑、鼻子尖尖的祭司精神振奋起来，很快这一消息从下埃及传到上埃及，进而传遍整个埃及。那时尼罗河两岸的庄稼该收的大部分收了，但还应该清理一次；勘界用的标志该埋的都埋了，但还应该检查一次，然后，就静静地等着那浩浩荡荡的尼罗河水挟带着肥沃的泥土来吧。

与黄河、印度河、幼发拉底河同样孕育了古老文明的河流不同，尼罗河的泛滥极有规律，每年洪水何时来，何时退，古埃及人很快就掌握了。每次洪水泛滥都会带来一层厚厚的淤泥，使河谷区土地肥沃，庄稼可以一年三熟。但洪水之后，土地的边界全部被淹埋，重新界定土地边界需要精确的测量，于是在埃及产生了一个特殊的阶层——土地测量员，这些土地测量员就是现代测绘学的鼻祖。洪水是可怕的，自古以来，人们总是把洪水和猛兽联系在一起。然而，尼罗河两岸的埃及人民，不仅不将尼罗河泛滥视为不幸的灾难，而且还虔诚地盼望其泛滥，并于其泛滥之时予以隆重的庆祝。那时人们喜气洋洋，河面上无数舟楫荡漾，人们在船上唱歌跳舞。

但是这一切都已结束，水文的节律消失了。

天狼星照样升起，而河水已不再冲动。

阿拉伯人仍在跳舞或冥想。

2012 年

克里斯蒂

我的同行克里斯蒂住过的酒店在阿斯旺享有盛名,据说住一晚克里斯蒂住过的房间,比住总统套房还要贵。听到这个消息我一点也不觉得过分,一个小说家享有这样的荣耀我认为自然而然。当游人熙熙攘攘跳上甲板,当游船像当年的电影那样鸣着汽笛离开码头,当酒店渐渐消失在岸上的视野里,我觉得所有的乘客都是电影中的乘客,虚构的场景与真实的场景重合,尼罗河在强大的电影力量下已是电影化的尼罗河,而古老的尼罗河似乎已退居为想象的背景,我相信每个上船的旅客都无法不想到那部伟大的电影,无法不既当真又戏谑地想到会不会真的发生一次惨案。特别对于中国人,在封闭许多年之后的开放之初,这部电影差不多是最先引进的一批,如果说它让中国人目瞪口呆有些夸张的话,那么每个观众都受到了强烈的视觉与语言的冲击确是真的。许多人何止看过一遍,台词口口相传,比如:

“无声就是默许。”

“悠着点。”

“女人最大的心愿就是让人爱她。”

“不,比利时人。”

“如果她睡不着觉,如果她走出船舱,如果她看见凶手……”

最经典的段落:

“夫人们,小姐们,先生们,朋友们,该收场了!我赫卡尔·波洛现在很清楚地知道是谁杀死了道尔太太……”

许多年前我大段地背诵着电影里的精彩段落,我成为《尼罗河惨案》众多发烧友中的一个,那时是多么贫乏,以至电影看过两遍之后就能大段背诵,那时我的脑子还充斥着大量的样板戏的台词:“天王盖地虎,宝塔镇河妖,莫哈莫哈,正当午时说话,谁也没有家!”那时我们多爱背台词,所以当真正的艺术被引进来,我是多么惊心动魄,那时我绝没想到有一天自己也成了作家,也像波洛和许多乘客那样踏上尼罗河的游船。

我与尼罗河有着某种想象的关系,特别现在作为克里斯蒂的同行,我怎能不感到某种想象的冲动,我甚至提议北京作家团每个人构思一篇同题小说,但是应者寥寥。我们要在河上航行三天,游船一如移动的酒店,窗下即河水,几乎伸手可及,窗外景色宜人,风光无限。那时正午,太阳下的尼罗河阔大平静,缓慢而不动声色,岸上高大的油枣树或单棵或几株或十几株密集地聚在一起，挺拔地伸向与河水同样颜色的没有一丝云彩的天空。不远处就是沙漠、荒丘，以及看上去无人居住的古堡，这些都是一个作家的想象空间。尼罗河因《尼罗河惨案》给了人们想象的张力，我相信没有一条河像尼罗河那样让人产生想象冲动。我在餐厅用餐，我穿过过道，我路过某人房间，我来到船舷，上到甲板，甲板上有躺椅、藤椅和藤桌供人休闲，当夕阳西下，河水被染成火红色，甲板上的人也变成了红色，这一切都构成了我神神经经的遐想。

夜晚，枕水而行，枕水而眠。我从未睡在水上，这使我感到无限的奇异，我在构思我的故事，我在想种种可能性，浪漫的，古老的，恐怖的，甚至解构的，后现代的，我在想"惨案"的另一种可能性，譬如根本没有凶手，譬如像我这样一个神神经经想入非非的人发现许多蛛丝马迹，但一切都似是而非闹出许多笑话，或者我杀了人，然后我开始调查自己……

三天的尼罗河航行，不断下船，参观了菲莱岛菲莱庙、未完成的方尖碑、拉美西斯二世神庙、埃德夫神庙、卢克索西岸的国王谷、哈特谢普苏特女王庙及哭泣的门农神像，最后是世界上最大的神庙群：卡尔耐克神庙和卢克索神庙。尽管一路饱览尼罗河两岸古埃及六千年的人类文明遗产，但是到了气势恢宏气象万千的卢克索神庙群，我禁不住再次掉进克里斯蒂的叙述圈套。《尼罗河惨案》一个颇具异国风光的场景，就发生在卢克索神庙群，我还记得电影中那块柱顶的巨石怎样神秘松动、滚下以及落地的巨大声响,克里斯蒂是多么会选择谋杀的地点,这不过是一个枝节,但给电影或小说带来了怎样的观赏性,以至当我真的来到了卢克索,观赏和凭吊倒成为其次,回忆电影中的场景才成为主要。直到这时我才发现我必须警惕克里斯蒂了。如果说克里斯蒂使尼罗河声名远扬,那么是否在另一种意义上也"谋杀"了尼罗河?

2012 年

沙漠之蓝

事实上，直到大巴在阿拉伯沙漠上行驶了七个小时，直到沙漠上突然出现了一抹惊人的蓝，我的埃及之旅才算彻底告别了克里斯蒂。请想想吧，在大漠孤烟中行驶了七个小时，突然石破天惊地出现了一抹蓝色的大海，那种激动的确可以让人忘记一切。那是红海，沙漠之蓝，蓝得恐怖，像另一世界。

我曾想象红海是否真的是红的，为什么是红的，我想是否因为阿拉伯沙漠过于庞大，在太阳之下金光闪闪，以至把狭长的红海映红了？在地图上我知道红海是狭长的，我知道她位于亚洲与非洲之间，连接了印度洋、地中海和大西洋，是海上交通要道，据说连郑和的船队也曾到过红海。我还知道红海的扩张之谜，红海是世界上最年轻的仍在生成的海洋。1978 年 11 月 14 日，北美的阿尔杜卡巴火山突然喷发，浓烟滚滚，溢出了大量熔岩。一个星期以后，人们经过测量发现，遥遥相对的阿拉伯半岛与非洲大陆之间的距离增加了一米,也就是说,红海在七天中又扩大了一米,这种现象被称为红海之谜。

两千万年前,阿拉伯半岛开始与非洲分开,诞生了红海。现在还可以看出,两岸的形状很相似,这是大陆被撕开留下的痕迹。非洲板块与阿拉伯板块间的裂谷,沿红海海底中间通过,在四百万年来两个板块仍继续分裂,两岸平均每年以二点二厘米的速度向外扩张。现在红海还在不断加宽,将来有可能成为新的大洋。海洋地质学家解释说,红海海底有着一系列“热洞”,科学家经过对全世界海洋洋底的详细测量之后,发现大洋底像陆上一样有高山深谷,起伏不平,从大洋洋底地形图上,我们可以看到有一条长七万五千多公里,宽九百六十公里以上的巨大山系纵贯全球大洋,科学家把这条海底山系称作“大洋中脊”。狭长的红海正被大洋中脊穿过,沿着大洋中脊的顶部,还分布着一条纵向的断裂带,裂谷宽十三至四十八千米,窄的也有九百至一千二百米。在裂谷中部附近的海水温度特别高,好像底下有座锅炉在不断地烧,人们形象地称它为“热洞”。科学家认为,正是热洞中不断涌出的地幔物质加热了海水,生成了矿藏,推挤着洋底不断向两边扩张。

但是红海为什么是“红”的呢?

明明是蓝的,而且在我看来由于沙漠的映照,红海比地中海还要蓝,比印度洋还要蓝,比中国的三亚、比任何一处海水都要蓝。有的海水远看比较蓝,但一到近处就显出了灰或绿,但是红海不同,我到了她近处,甚至把红海捧在手里,感觉她还是那样蓝。下榻的酒店就在海边,酒店可能考虑到经过沙漠之后对海的渴望,甚至把酒店建成“U”字形,将一湾蓝色的浅海揽入了怀中。清晨,我来到酒店的外海(我只能这么说),沿着石砌的甬道散步,红海的涛声在远方呈现着两种极致的单纯色:白色与蓝色,并且分布得层层叠叠,几乎提示着另一种水文时间。有人比我还要早,远远地我看到两位穿着鲜艳的女士,一个是徐坤,一个是赵凝,她们可能与太阳同步,太阳一升起她们就到了海边。让我惊讶并羡慕不已的是,她们每人手里都拿了一个小本,像小女生似的面对大海写字,毫无疑问她们在写诗,哪怕可能不是诗,但她们向大海敞开了自己,她们就是诗人。

红海之“红”,也许就是当初命名她的人的一种感觉吧。

或许就如诗人们常有的感觉。

2012 年

第四辑 旅痕

回到拉萨

“回到拉萨，回到了布达拉……”没有歌中唱的浪漫，没有“在雅鲁藏布江把我的心洗清”，没有“在雪山之巅把我的魂唤醒”，就是回来了。告别了二十七年，如一个回家的人。熟悉的地方不多，大昭寺、罗布林卡、布达拉宫变化不大，但因为二十七年前就不熟悉，所以也谈不上陌生。陌生是因为过去熟悉，现在变化了，比如当年工作的拉萨六中，全不是以前的模样，我进去时被门卫拦住，我说许多年前我是这里的老师，门卫无动于衷。当年我在时没有门卫，只有铁栅栏大门，大门永远开着，后来掉了一半，挺好的，特别敞开。六中在拉萨西郊，那时拉萨河在这里展现出平沙、沼泽、牧场的景象，是岸上不多的建筑之一。在这样的旷野上，一扇门真是不必要的，形同虚设更近自然。六中与丹巴村一墙之隔，坐落在公路边上，越过公路是沼泽与农田。丹巴村早年是哲蚌寺的属地，六中占的是丹巴乡的地，也是某种意义上的寺院属地。可见三者关系之密切。早晨，午后或黄昏，我们经常从一些比较大的狗洞钻出去，穿过村子，就到了哲蚌寺。“我们”是指 1984 年北京来的八位援藏教师。围墙是土坯墙，有许多狗洞，我们经常图省事从狗洞钻出，学生也是如此，有些洞后来干脆变成了豁口，与村子就更加密切，进出完全自由，学校像村子一样，像寺院一样，在大自然里，就那么单摆浮搁着，自自然然，没什么门卫，本来就是一体的。

那时，学校是石头房子，村子是，寺院也是。村子白墙黑窗，经幡招展，午后寂静，黄昏如画，学校、寺院也如画，是一幅画。有许多入口，当然又是实际上的出口，没有围墙，只要不停下脚步，不是出来就是进去，不是进来就是出去。因着山势，必为不对称建筑，曲径通幽，形成网格状，堪称迷宫。但每个局部，比如一个小院，又会特别明亮，就像梦中有些场景非常明亮。大殿就不用说了，我特别喜欢一些明亮幽静的小院，有些小院可以远眺，能看到拉萨河，黄昏夕照，越过一些岛链似的浅山可以看到拉萨河、雅鲁藏布江的汇合处。有一次，就是在这样一个黄昏小院，我默默挨近一个红衣喇嘛，我们一同眺望。我们没有一句话，但是慢慢地我觉得我们是一体的，我们的脸都被夕照映红，被拉萨河与雅鲁藏布江的汇合处照亮，有一刻几乎通体透明。不用交谈，只是观想，双方就可以有一种交流，这仿佛是佛教特有的，是一种身体现象学。

有一年下雪，在半山腰上，我遇到过类似的情景。一个红衣喇嘛在雪中的石上独坐，面对远方的看不见的拉萨河，我来到他的旁边，默默伫立，顺着他的眼光凝视远方，慢慢地我觉得我们成了一个人，我们看到了相同的东西。他当然不知道我是一个未来的小说家，我自己也不知道，一切都是自在的，有这种时刻自然就会有未来呈现的时刻，该呈现总会呈现。不呈现也没关系，雪中静坐是一种永远的存在，自然界总有一种得大自在的东西存在。然而具体对我而言，前面说的两个场景极其重要，因为世界无论有着怎样的永恒性一致性，同时还应以个人化的方式存在，比如为什么是这个喇嘛而不是那个喇嘛，世界是无限可分的，差异也是无限可分的，我一方面相信永恒，一方面迷恋差异，两者并不矛盾。正是以这种差异性，多年后我把这两个场景写进了我的长篇小说《天·藏》。哲蚌寺是这部小说的道场，根据那两位喇嘛我塑造了马丁格的形象，根据当时的我自己塑造了王摩诘的形象。

二十七年后学校与村子已完全不同，村子已经没有了，消失了，失踪了，六中盖起楼，铁栅围墙，大门威武又庄严，石头房子不见了，我巴望了一会儿，没巴望到什么。的确，门卫应该拦住我，你是谁呢？你二十七年前在这儿教过书，二十七年前是谁？这儿没有时间，时间非常新，而且还在不断更换时间，你太陈旧了。或者你简直是一个说谎的人。此外，山上的涓涓细流，那些毛细血管似的拉萨河的小支流也都不见了，难道山上不再融雪？丹巴村变成了丹巴社区，盖了许多威武的带车库的房子，有一刻，我踮起脚，隔过许多电线、太阳能热水器的圆桶、想不通怎么那么高的天线，一下看到山的幻觉般的哲蚌寺，我意识到我脚下待的地方还是原来的地方。原来，我为什么如此怀旧？是否太自恋了？有时，当我面对镜子时，我也想，你都不是原来的你了，凭什么原来的地方还是原来的地方？凭什么原来的地方等着二十七年后的你？

哲蚌寺没变，一切都没变，一切都印着我年轻时的目光，唯有在哲蚌寺一如我所料，我找到了无数的确认，无数的存在痕迹。不，不仅仅是故地重游，因为《天·藏》写了这里，故事就发生在这里，马丁格的小院、王摩诘、维格与马丁格父亲阳光下的对话，由于书写，不是故地重游，而是故地三重之游：过去，书里世界，现在，三者合在一起，像 3D 一样，像少年派。而嘤嘤嗡嗡的经声是五百年前，也是现在，也是书中的声音。我也像有着三重影子，不断重合。在老甘丹颇章，我看到当年那棵柏树，二十七年它竟没怎么长大，还是分开的树杈，苍迈的手臂。我觉得我长得太快了，已完全不像当年。我和下面那棵山桃树差不太多，当年它只是棵小树苗，如今它可长大了不少。小树大了，老树缄默。何时我也像老树一样？甘丹颇章是达赖喇嘛的寝宫，为哲蚌寺第十任堪布，即第二世达赖喇嘛根敦嘉措于公元 1530 年建造，宫室七层，分前、中、后三幢建筑。前院是地下室的各类仓库，二层院落面积达四百多平方米,四周为僧舍游廊。达赖喇嘛生活起居主要在七楼,设有经堂、卧室、讲经堂、客厅等。七楼还有两个殿,卓玛殿和护法神殿。我知道几个世纪前殿内供奉有一具少女木乃伊,后来将木乃伊塑为吉祥天女神像。当年我没见过少女神像,估计这次也不会见到。我觉得她只要存在,就让我感到一种天上的东西。《天·藏》里有这种东西,写时我不知道,写完之后我发现它的结构几乎就是哲蚌寺的结构,维格也是那个少女的复活。

我在二十七年前的小院伫立,身边没有喇嘛,但过去的喇嘛和书中的喇嘛转围着绕关,我觉得是一样的,过去即作品,作品即过去,而此刻这个小院似乎专为我而设。我不能想象如果这样的小院消失了,或整个寺院消失了,我将何以存在。幸好不会消失,它存在五百年了,时间越长它存在的理由就越强大。我看到我曾教过书的拉萨六中,那里本来充满了记忆,现在却成为记忆的盲点。那一年冬天,我趴在没有取暖设施的石头房子里,写《蒙面之城》前身的一个中篇,那是对我的一次夏天藏北之行的重构。小说写了三万多字,写在那种活页纸上。那时小说中已出现了马格、果丹、成岩,他们在 1985 年那所已不存在的石头房子里诞生,但要读者真正认识他们,则要等到十六年之后的《蒙面之城》。

尽管一些小支流消失了,拉萨河的主流似乎没有变,流向也没有变,还是向西。夕阳西下,那些浴盆一样的小河湾也还有一些,我知道湾里的水非常温暖,许多年前我曾躺在阳光下的浴盆里，时有河鸥掠过，有时掠得很近，我轰它们也轰不走，有些非要落你身上。不过据说不久下游要筑坝，抬升水位，这些小河湾小浴盆将消失。好吧，消失吧，只要不改变河的流向。另外拉萨的天空没变，云没变，雪没变。从哲蚌寺下来，我躺在床上就能看到窗外的雪山，在北京回忆起来这是多么奢侈的享受，太奢侈了。古人云墨分五色，在拉萨，云也分五色。我记得飞机沿雅鲁藏布江降落时，因为山的原因，云深深浅浅，浓浓淡淡，十分水墨。云破处，左右都是山水，构成大团大团奇妙空间，直至着陆，仿佛不是从天上来，而是从宇宙迷宫中降落，更仿佛一个星球降落在另一个星球。这些不会变，正所谓天不变，道亦不变，总有不变的东西。

2014 年

慈溪三日

连来带去,慈溪三日,印象纷呈。一些印象事先已经设定,譬如颁奖会,研讨会,以及一个《文学的装置》讲座——到慈溪就是为这三件事而来。有些印象则始料不及,突如其来,让一次程式化之旅变得摇曳多姿。丙申初夏的一天,经过高铁与高速公路快递般的旅行,从北方到南方,黄昏时分到了慈溪。下榻饭店的房间一下愣住了,桌上摆满了我的书,茶几上也是,甚至沙发和窗台上也有一些,由于镜子的缘故,我觉得整个房间到处都是我的书。

有趣的是这本书开头所写和我眼前的景象十分相似,我感觉走进自己的书里,走进了增强现实——在屏幕上把虚拟世界套在现实世界,并进行互动的一种技术,1990 年就提出,随着随身电子产品 CPU(中央处理器)运算能力的提升得以实现,它包含了多媒体、三维建模、实时视频显示及控制、多传感器融合、实时跟踪、场景融合,具有真实世界和虚拟的信息集成,实时交互,定位虚拟物体……来慈溪前我正在写中关村的黑科技，写 AR(增强现实)，写不可能的事物，现在我就感觉走进了某种不可能的世界。我在书中写道：我的书斋到处是书，孩提时代我的理想就是住在蛛网般的图书馆，现在在我的书斋，借助四周的镜子，我差不多做到了，它们相互重复，无限扩大，常常分不清哪些是镜子里的书，哪些是真实的书。有时觉得自己走进了镜子好几天都出不来，并且看到许多个自己。是的，为了免于孤独，也为了更像是图书馆，我装了许多镜子，甚至就连过道也装了镜子。

还好，宾馆地上没装镜子，否则我会走不出宾馆了。是让我签名的书，桌上有一张粉色纸的名单，我从镜子里取出名单，但未走出镜子，怎么可能走得出呢？我在镜中阅读名单。名字只分了男女，没任何其他介绍，比如职务之类。犹豫了一下，要不要名字后面加上先生或女士？但名字太生了，你不知道后面是不是个孩子，或者中学生，于是一狠心省了，就秃着写：×××存。结果第二天颁奖，市长坐我边上，我昨天签的第一个名字就是市长大人。签名时即使不称市长也该称一下先生，但名单没有提供这一背景，为什么没有？是他们要求的吗？是他们仅以个人要求一本作者的签名书？以致我倒有些不礼貌。但是坐在前排，周围还有不少我签了名字的嘉宾，我却没感到任何异样，我感受到的只是文学本身的东西，感受到此地非同一般，某种文化气场扑面而来。这里没有官气，没人凌驾于文学之上，颁奖之上，所有人都是个体，都在文化面前谦恭，以普通人的心态要求一本签名获奖作品。这就是慈溪，从历史走向现实的慈溪，似乎一直始终如此。当然，这个现实要在明天发生，不是我一进门就能意识到的，当时的增强现实还没完。现实再增强也不可能预测出明天的现实。我签完了所有的书，用了半小时（无论多累都是愉快的）。吃过饭，一天的旅途疲劳后已上床，却来了电话。

是华栋打来的，他已在酒店大堂等候。一个诗人想和大家见见，到一个地方。而我真的不想走出镜子，我在增强现实中感到满足，那么多我签过名的书，如同我秘密的孩子，我自己还没见过这么多。而且，我累了。累，镜子，书，这是多么好的构成，是一个作者的梦境。

但我还是走出了增强现实，来到了乏味的一如既往的惯例的现实。到了大堂，看见了华栋、范稳、则臣、康赫，疲劳的笑与招呼。车穿过夜晚的慈溪把我们带到了一个地方。我想我坚决不喝酒了，头已有点涨，结果一进门便愣住了，一股清气扑面而来，酒也一下醒了。不是酒而是茶，是个茶室。但并非公共空间，而是一个完全的私人空间。空间里的时间好像也和外面不同，古色古香，似乎古代时光。时间并非铁板一块，时间会被空间决定，事实上有什么样的空间就有什么样的时间，所谓古代有时就是一个空间。茶室很大，左右开阔，中间靠窗是一方古琴般的茶台，周围是原木条凳。工笔画在墙上，与画相配的是各种款式的瓷器，摆满了格子，大小不一的架子。左边尽头是一个月亮门，透着另一种空间：有光从里面打出，还有植物，仿佛园林的空间。

女主人一身青绿旗袍，低眉为我们泡茶，仕女一般。我对此地一无所知，对茶道完全不懂。女主人不怎么说话，态度怡然，淑雅。我们边品茶边海阔天空说笑不断，或文学，或文学之外，偶尔问到女主人什么，女主人才搭上一两句话，主要是添茶，眉也不抬一下，那种含蓄优雅一如南方山水。假如这是公共空间，作为仕女侍茶再恰当不过，但她是女主人，不是仕女，而女主人具有仕女之侍人的谦恭，颇不可思议。我们这等写小说的俗物配得上这等高雅吗？慢慢地我们知道了墙上的丹青是女主人画的，架上的瓷器是女主人做的，我觉得有一种东西统一起来，茶，画，瓷，真的仅仅是现实？难道不是一种增强现实？一种虚拟的世界套在现实中？古代时光套在了当下？或者我们——我，华栋、范稳，我们才是虚拟的？我们套在了古代？AR 是双重的，现实的变成了虚拟的。

后来我才知道女主人的一些情况，名叫沈燕荣，宁波工艺美术大师，画家，龙腾越窑青瓷研究所所长，国画《野柿》入选全国工笔画作品展，被吴冠中艺术馆收藏，越窑青瓷作品《瑞色青青》获第十五届中国工艺美术大师作品暨国际艺术精品博览会“中国原创·百花杯”美术精品奖银奖，《溪上秘韵》获浙江省工艺美术精品博览会铜奖……回想那晚我等一些俗物让年轻的大师如此低眉茶道真是汗颜,我不知华栋、范稳是否俗物,反正我是。我一进到这里就感到一种光照,一种神性,而我们竟侃侃而谈,愧不自知。或许小说家就该如此,是俗世的代表,大言不惭,受之淡淡,也是顺理成章。当然,必须有敬畏,比如现在,在这样的空间,在洗茶、倒茶,款款的手印之间。

月亮门的那道光最终让我冉冉升起,脱离座位,如 AR 一般走进光中。里面竟有人,是位先生,也仿佛古代的人。三十几岁,不到四十岁,与女主人相仿,一时以为是工作人员在工作,一问方知是女主人的先生。有些惊讶,急忙致歉。不知为何不与夫人一起与我们一叙,或者根本不屑我们这些人?也不对。反正大概就是这样一种自在无我的态度。我觉得我理解这种态度,没有什么是小说家理解不了的,小说家干的就是这样事:理解人,理解各种各样的人。简单聊了几句,让我对这对夫妇构成的空间更加心生敬畏。

附近有个上林湖,为古越窑青瓷发祥地,自东汉在湖区烧制青瓷,经两晋、隋唐直至北宋千余年,之后失传。如今失传也有一千年。应该是蒙古来了之后失传的。湖中布满碎片,日夜灵光乍现。湖的东、南、西三面环山,状如桃叶,蕴藏大量的瓷石矿,分布着一百二十多个青瓷窑遗址,碎片构成岸,在群山环抱中寂寂千年,无人问津。男主人说现在他的妻子沈燕荣主要不是画画,而是制瓷,复活湖中这些千年碎片,将失传的找回。

她找回了吗？我问，先生没有回答。无法回答。先生原是做公司的，后来放弃了公司，全力支持夫人的梦想，遂有了这个博雅的茶室。不，现在已不能说是茶室，是工作坊，展馆，当然兼接待朋友，参观者。

有了些许背景知识，再看架上的青瓷又不一样，盆，盏，罐，壶，埙，各种不同的绿，不同的器型，仿佛置身于湖畔，置身于无数个千年夜晚，置身于璀璨的星光。拾阶而上，是沈燕荣的创作室，一架古筝，若抚，得荡涤开多少清寂的时光？画中的高山流水，危石险山，让人遐想，闭上眼能听见汉唐的窑火。沈燕荣以回到古代的方式接近着千年的时间，复活着千年的时间。

相信沈燕荣，相信静默的先生，特别是相信这种方式。

《三个三重奏》获第四届《人民文学》长篇小说双年奖，颁奖会上我的感言似乎提到昨晚带有“增强现实”性质的经历，感到慈溪非同一般，上上下下都有一股静气，虽越千年，虽有许多失传，但接续或复活正像缓慢的季节中的事物，慢慢地发生。第三天，参观了另一位青瓷工美大师的工作坊，又是一位女神级的大师，比沈燕荣级别高，是全国级的，获奖无数，许多政要名人在工作坊留下身影或合影。这个参观是题中应有之义，会议安排的。然而，与昨晚不期而遇的经历却几乎不可同日而语。除了作品本身，这里的公共性，窗口性，非个人性，都俗世太重，睽违瓷器本身的静气。比如醒目的合影，获奖作品、证书，对神性的瓷器而言根本不需要这些,没人比瓷器高贵,无须任何证明,它照耀别人,这是它的性质,不需要被照耀。特别看到余秋雨先生的醒目照片感到失望(不是为余秋雨失望,而是为女神失望。另外我声明,余秋雨对散文的贡献我也是认同的,喜欢他作品中透露出的个人气质),恰今年又值五十年,余与“文革”有着一桩公案,系上海“石一歌”成员之一。历史,这本来也可理解,但为什么对此没有任何忏悔,反而狡辩呢?说绝对点,任何时候人都是应该忏悔的,有什么不能忏悔的呢?但是不,在这点上倒很有个性。女神与余秋雨的合影放在这里不妥,不是不能合影,不是不能摆放,在家,在别处都可以。或者即使在这儿也别今年吧,或者今年先摘下来?瓷器,女神,怎能揉沙子呢?

我们要恢复的东西很多,即便在慈溪这样的地方,一不留神还会有一些惯性的东西。我欣赏沈燕荣和她先生那种风格,那是一种彻底的恢复,人的恢复,是瓷器本身的东西,眼里不揉沙子的东西。唯此,才能让俗物们,包括我,包括余秋雨,心生敬畏。

2016 年

乌镇与西塘

乌镇，风轻水秀，乌瓦白墙，水边人家。西塘也是，大同小异。但我对西塘的印象远好于乌镇。我的印象毫无疑问带有相当的主观成分，对于相似的事物，心情往往决定着对象，就好像晴天与阴天决定着海滨一样。一般说你不能说青岛、大连或北戴河谁更漂亮，但天气原因它们之间偶然的个体差异是极大的。而心情也像天空的云一样有时难以确定，一个偶然因素，一个小小的差异，会让心情瞬间阴晴突变，所见景物也瞬息而变。那年盛夏，我从上海世博园出来，第一个地方便到了茅盾的故乡乌镇，之后到了西塘。为什么不先到西塘再到乌镇我不知道，仿佛乌镇有什么特别的不同，仿佛别无选择。

是的，从眼花缭乱、个性张扬、千姿百态的上海世博园出来，回归古朴自然的中国古镇，徜徉于水墨般的东方水乡，无疑是一种需要，而古朴的乌镇，宁静的水面，陈年木屋，小桥，廊棚，倒影，的确让人有种心灵的洗涤与洗涤之后的依怙之感。在双重的水边我长长地吐了口气,仿佛把光怪陆离的世博园呈现出的大千世界吐个干净。我年轻时喜人为的东西,中年之后东方崇尚自然的文化基因使我回归传统中国的文化血液,骨子里的唐宋让我对江南古镇有种根性的兴奋,觉得让世界慢下来的只有中国或沉淀在水乡里的中国文化,才有可能。

但接下来的感觉却突然相当不对,以至于心情大坏,似乎刚才是一种幻觉,一种乌托邦。随着一字长蛇的人流我看到了什么?看到了古镇人的生活——但是什么样的生活?被展示的被参观的日常生活,以至于我突然有一种在动物园看到人类自身的感觉。这种感觉让我对自己怀疑起来。这种生活因为长期被参观,与游人形成敌意,古镇人面对游人都十分冷漠,目中无人。这种感觉又不像参观动物园。

显然为了强调古镇古老的日常生活气息,在这里生活着的人成为一个旅游项目,被要求长年过着一种橱窗般的生活。这种生活在不宽的河两岸可清晰地看到,恍如《清明上河图》的一角,却又不是。而在小街两侧洞开的门窗内,更是可以近距离地直视小镇生活。在自然的情况下,这些门或窗应是关着的,虚掩着的,特别是当青石板街上或河上来了那么多熙熙攘攘的游人,就更应紧闭。

日常生活无最起码的私密,人会变成什么?就是我眼前的人,是人,又非人,我看到窗内正在做饭的人都木呆呆地、机械地、无动于衷地忙着什么，特别是他们的眼睛，简直是一种冷漠的呆相。在鲁迅笔下我非常熟悉这种冷漠的呆相，它们是我们文化中最可怕的一种东西。这种东西在今天并未消失，且变种流传，我们的生活处处都有这种冷漠呆相的影子。有时我很想冲眼前视我为无物的人大吼一声，但我知道吼也没用。顶多他们的眼睛偶或地划过你，让人浑身发凉。是的，他们非常可怜，简直不忍心看他们。同样，他们又何尝愿看如过江之鲫瞪大眼睛的参观者？他们浑身印满目光，他们是旅游项目，某种“演员”，真人“秀”。他们知道他们的分分秒秒都是钱，似乎只有钱能安慰他们。但同时他们毕竟是人，一个“钱”字怎能代替经年累月表演着自己的他们？于是冷漠便成了常态，既敌视游人，也敌视自己的生活。冷漠是某种东西的平衡。

他们多为老年人，也有年轻人，但都称得上老演员，功勋演员，有时他们偶然毫无理由地抬一下头，看看无数盯着他们的目光，很茫然，很空洞，但更多是视而不见。如果木雕也会偶然抬头，正是他们，但事实上木雕也比他们强，因为木雕是有确定属性的，你和木雕之间有着人和艺术品或商品之间的契约。但你和他们有什么契约？如果萨特在这里相信会自叹弗如，比存在主义戏剧更冷漠的戏剧在这儿每天都上演着：你看你的，我干我的：淘米，洗菜，做饭，吃饭，如厕，休息，吸烟，看电视，捡一枚地上的针，看上去真的是在生活。但如果他们是生活，游人就不是；游人是，他们就不是，或者都不是。实际上因为看到自身的镜像，参观者其实也是被参观者,其颠覆感是双重的。

也许我不该这么认真,不就是玩玩看看吗?想那么多干什么?可想是我的职业,没办法。我在想:到底什么决定了这种观赏与被观赏的生活?为什么会有这样经年累月的真实的表演?真实如果被表演还是真实吗?人们究竟想看到什么样的真实?为什么对“真实”的东西那么渴望?真得不能再真了,然而这种真与假又有什么不同?

我没登上所谓的乌篷船,许多人上去了,我没有。我走得很快,如同一片叶子飘过。我这颗一刻也停不下来思想的头颅太重,重到有时必须敲一敲,有时必须饮些酒才能变轻。我知道我的头颅还不是最重的,而那些比我更重的头颅会成为古董吗?但我知道我早晚会进入博物馆,我已到了门口。

到了西塘,我没走太多地方,心情一下好起来。或许没经过严格的开发与管理,西塘显然要野一点,同样的水乡,桥,乌篷船,但没什么呢?——日常生活。或者有,我没看见?

是的,我没看见,我看到了门,窗。

但没看见里面的人,它们是关着的。

关上门的西塘美,好看。

2010年

第五辑　我写故我在

我写故我在

壬辰年春，寻山野小居，入密云水库南岸，得一厅，一室，一露台，坐拥阳光，或看云起，曰：云居。

——摘自本人新浪微博

北京有个云居寺，很有名，在北京的西南，离十渡很近。当初买下密云一所小房子，一室一厅一露台，不过五六十平方米，在一个小山顶上，四周是树，再远的四周是更高的山，可谓“环山皆山也”。北面山后是北京的镜子——密云水库，虽隔着山，看不见水，要爬到那边山顶上才能看到，但总有云或雾从水上飘来，有时覆盖了房子，有时散散淡淡透着天，所谓“云深不知处”，我便有天命笔写下“云居”二字。和十渡的云居寺无关，但有时也想，我住的地方又何尝不是一个小寺呢？写作是一种修行，特别写长篇小说更像一种修行。

在这样的地方一写就是两年。清晨起来，有时与太阳同步，有时比太阳早得多。即使是盛夏也有时比太阳早,能听到早晨的第一声鸟叫。夏天第一声鸟叫是四点半,开始我没注意到这一点,后来一个美国朋友来我这儿,确切地说到他那儿第一声鸟叫是四点半,我才注意了一下,确实是。鸟叫之后天慢慢亮,太阳慢慢升起。开始的鸟叫很单一,好像就一种鸟,一种单一的声音,但很快随着天亮,众多的鸟开始叫,大大小小,一片喧闹。其中有两种鸟叫是比较出离的,一种是喜鹊,一种是松鸡,它们的嗓门相似,都是大嗓,都是"嘎",不同的是每次松鸡是一声,喜鹊则是数声,每次都是松鸡先叫一声"嘎——",然后是喜鹊"嘎、嘎、嘎",似乎把松鸡的叫声剁为了三截,因此更像是一种对话。这时候我看起来难道不像一个小和尚吗?中年的和尚?我想就算是云居寺的和尚,哪怕是最老的和尚面对的鸟儿也不一定比我多。

煮上粥,在山顶小径上走,把天走得大亮,披一身鸟的声音,每个早晨都是同一个早晨、同一种声音地回到房间,开始写作。如同和尚打开经卷,慢慢吟诵或抄写,而写作与吟诵抄写完全不同,后者接近一种机械,对心而言是干净、简单,越简越好,达到澄明,通过最简达到无——无我之境。这当然也非常不容易,却是另一种不容易。写作正相反,是从无到简再到繁,一生二,二生三,三生万物,是无中生有,而且是常年无中生有的日子。这样的不容易与寺院修行的不容易正好是逆向的,两者谁更不容易?我觉得我比僧侣难,但若真让我读经我又觉得会更难,事物吊诡往往就在这里,因此事实上两者没有可比性。但在更高的意义上真的没有可比性吗?为什么我常常感到写作又是一种修行呢?我想在炼心这一点上,写作与修行是一样的。

如果写作顺利,时间会过得很快,早晨到中午可以写一千五到两千字。最多不会超过两千字,超过就不是我了,是非我了,这非我要的写作。在这段特别长的时间里我非常从容,写得特别慢,总是停下来——写得精彩停下来,写得困难停下来,舒服停下来,不舒服更会停下来,总是停下来体会写作本身的甘苦寸心。过去停下时总是吸上支烟,戒烟后便上网写写微博,用微博的几十个字、一百来字感悟一心之所感,实际上相当于给心灵拍张照,即随手拍。拍过了,释放了什么,回到正文上。中午小酌,要睡个觉。必须睡,起得太早,若从四点半算起,到中午十一点半、十二点已经七个小时,比和尚一点也没心有旁骛,甚至更专心致志。睡醒后下午接着写,有时兴之所至,被窗外的流云吸引,会把电脑搬到露台上,在室外写作。室外写作感觉很特别,与天地再无隔无碍,抬头即山,自己也是在山顶上,感觉非常异样。可随时地注视,凝视,休息,看浮云,看山的曲线,早晨的月亮,落日。鸟叫就不用说了,写作时已不喜欢它们,太吵。

下午五六点钟,是一天中最快乐时候,这时写作停下来,收工了,一天有所收获,轻松得不得了,这时出去散步,身体像飘着一样,长长的黄昏的影子会印在小径上、山岩上、树上,还有一只小狗——我的老朋友嘟嘟，或跟着我，或它跑在前面，两个影子有时甚至会重合。这只小狗跟了我十五年，见证了《蒙面之城》《沉默之门》《环形山》《天·藏》四部长篇小说的写作，现在又在见证着《三个三重奏》，它甚至是我所有书的作者之一。我们散步，嘟嘟甚至比我还高兴，轻松，摇头摆尾，或疾或徐，简直像一种舞蹈。山上几乎无人，大量的野生的金银花盛开，如幻觉。有时我会掐下一朵白的花含在嘴里嚼一嚼，但从未嚼过金色的。佛家有拈花不语之说，也说咀花传法之时，这些都与我不相干。但我会想到，想想，心里安静，安详。

人有时会无意识地回到过去某阶段的生活环境，某种意义，云居是我内心的样子，甚至是无意识的样子。有一天——早晨还是黄昏我忘记了，在山顶散步，望着山下的公路，突然恍然：云居不是和当年自己在拉萨的哲蚌寺山下的小山村很像吗？那时与现在，都是四周皆山，背后与两侧是更高的山，而正面的倾角也恰好是村庄，树，公路，对面山脚下反光的河，拉萨河与潮白河，没有寺院，但密云水库那么大的水面可以相当哲蚌寺了，总之是一种照耀，如果梦与现实互映，那么实实在在的生活也可互映吗？如果这样，我想这已超出了海德格尔的“诗意的栖居”，也与梦境无关。

最后再说一下微博，写作中充满大量的间歇，过去得吸多少烟？现在得写多少微博？写完近四十万字的《三个三重奏》，我算了算竟有二十多万字的微博，我没想到的是商务印书馆的人一直是我微博的读者，他们决定以《思想的烟斗》为题，出版我这两年在山上写的微博。我虽然没想到，但一点也不惊讶，我知道《思想的烟斗》是思想的现场、瞬间，是“随手拍”的心灵的风景，思想之镜头，虽是副产品，其价值或许超过《三个三重奏》。许多事物都是这样：那隐在背后的东西才是重要的。

2014 年

把小说从内部打开

小说是一个封闭系统,电影很多时候还有画外音。画外音将观众从内部唤醒,意识到有个什么人在“梦”之外“讲”,这个人或是电影中的人物,或是编剧、导演,或是一个全能的人。有时虽然不讲,但会打上一行字幕,“三年以后”“五天以后”。字幕又是谁在“讲”?没有观众追究。为什么不追究?也没人问这个问题,它就那样存在着,甚至连写小说的人也不追究。小说家很少关注电影理论,对电影特别是电视剧几乎有一种排异反应,反正我从未涉足电影叙事学,就是写这篇文章时也还没有。但是当 2008 年前后,我对小说中的“注释”进行大肆改造时,我想到了电影中的画外音。尽管我从未追究过画外音,但事实上画外音对我的叙事在无意识上产生了影响。莫如说就最根本直觉而言,我喜欢画外音,我不知其他观众是否喜欢,我想应该是接受的。喜欢就一定有深层原因,记得许多年前看日本电视剧《阿信》,特别喜欢里面那娓娓的旁白，那亲切的声音伴着阿信的行为，让观众很有半梦半醒的感觉。梦依然做着，但也有人在梦之外对你说着什么，而且是关于梦的，这非常奇妙。换句话说，电影不是一个封闭的空间，由于画外音的存在，是一个打开或者半打开的空间。

但小说几乎一直封闭着，如果看不到变化，我也习惯性地接受小说的封闭性，接受最早恩格斯的“作者越隐蔽越好”的观点，我认为后来的“零度写作”的观点进一步强化了“隐蔽”观点。总而言之，“零度”“隐蔽”的理由是使小说更有真实感，更“拟真”，或更梦境。虽然也大体知道元小说是在小说里谈小说，在小说里告诉读者我写的是小说，但总觉得这是一种把戏，意思不大。即使理论背景是颠覆、解构也意思不大，颠覆什么呢？模糊真实与虚构的概念？听上去新鲜，但还是把戏。小说本就是虚构，解构什么呢？这点把戏动摇不了小说的方法论，显然不是小说的方向。造反有两种，一种是破坏性的造反，一种是建设性的造反，我喜欢前者不喜欢后者，不喜欢在小说里简单宣扬我写的是小说，不是真事——这用得着你大声宣扬吗？就好像一个男人大声说我是男的一样。

还有，往达·芬奇《蒙娜丽莎》的嘴上画两撇胡子也算创新？作为玩笑可以，作为创新实在就不再是玩笑。建设性的造反则不同，它是丰富而不是否定、打倒，是扩大小说的疆土而不是缩小小说的版图，甚至定于一点——就像罗伯-格里耶“物化”的描写一样单调。小说应是可以这样写，还可以那样写，任何一种写法都具有建设性而不具有否定性，总之是丰富是变化。不过现代主义小说在五花八门的成功与不成功的实验之后尽管已走到头，如法国的“新小说”走到了头，走进了死胡同，但走到头并不意味着事情结束，有趣的一面正是：现代主义小说虽然走到头了，但传统小说也再不能像以前那么写了。我觉得这是先锋小说的最大功绩。

我对“注释”的改造也是压抑的结果，是总想伺机逃离“一成不变”的结果。事情是这样的：2007 年读保罗·奥斯特《神谕之夜》，看到一个新鲜的注释让我眼前一亮，居然是一个叙事性的注释。虽然这个注释不太长，只是一小段，但一下照亮了我内心巨大的空间。我看到我的可能——压抑太久的可能，别看保罗·奥斯特只是这么一个小点，对我却可以借此像发现我的叙事的新大陆，我觉得沿着这一点缝隙可大干一场。就像任何创新、变化或造反都不是凭空而来的一样，就像哪怕是意识流这样的手法说起来也是源远流长，如普鲁斯特、乔伊斯、福克纳、西蒙——形成了一个意识流变迁的谱系，都是在前人的一点上发扬光大，我也是把别人的一点放大完成了我的变化。那时我正在写《天·藏》，这本书写法上本来就有点追求不一样，小说有两个叙述者，两种人称，但是形式比较僵硬，腾挪转换起来比较机械，比略萨的所谓“结构主义”小说还要机械——略萨已经够机械的了。机械实际上是一种困难，只不过是把困难从外部逻辑化、模式化了，有很大的人为性。对此我一直有点狐疑,但也没什么太好的办法。“注释”或对“注释”的挪用一下照亮我的困难。我可以把两个叙述者其中一个叙述者放到“注释”这个空间,把它撑大,无限大;这时候它已不是一个传统的注释,但又是由注释撑大的。这非常奇妙,我可以在这里恣意腾挪,以前全部的困难与困难都发生了联系,叙述空间不是从外部而是从内部打开,感到一种空前的解放。

“先锋即自由”,但不是混乱、胡闹,正像自由的本质是一种自然的秩序一样,先锋本质上是一种神奇又合理的秩序与秩序感,是发现了过去不曾发现的秩序,先锋即发现——我觉得更贴切,不易产生误解。“注释”的运用让我的小说摆脱了结构的机械性,具有了我们文化中特别强调的自然性。一次我在鲁迅文学院讲课时讲到了《天·藏》注释文本的诸多功能:除了叙事,还有话语功能、转换视角功能、调动结构功能、让无联系的产生联系的功能,与读者对话的功能。事实上“注释”成了《天·藏》这部小说的后台,读者不仅能看到小说的前台还看到后台,一如食者不仅吃到一桌菜,还能看到操作间某些烹饪的过程。它成为小说的第二文本,这已不是具体技术,而是世界观,也是方法论,是怎样看世界以及对世界的重构。没有这样的方法,就无法构置一个自由而又充满自然性秩序感的世界。

换句话说,对“注释”的挪用与改造不是一次性的技巧,这种改造不是我发明的,事实上也不是保罗·奥斯特发明的。如同意识流不是任何人发明的，谁都可以用，我也可以再用，在写《三个三重奏》时我再次使用了注释这一第二文本的方式，我想证明它是可重复使用的。《天·藏》与《三个三重奏》题材上有很大不同，一个是大雅，一个是大俗，能不能再用？事实证明是可以的。当然了，因为题材不同也必然有变化有发展，这次为什么叫《三个三重奏》？其中就是因为“三重结构”在这部小说中比起《天·藏》的结构更鲜明更完整。没有“注释”的意识根本不可能这么想小说，不可能把无关变得有关，不能组织起这部小说。什么是方法论？这就是，而不是一个一次性的技巧。“注释”在《三个三重奏》变得更自觉，也更加强大，作为其中一个“三重奏”完全可以和另两重结构分庭抗礼。

有一次在写作过程中有感，生怕忘记，我在微博上迅速写道：“注释与正文的切换，有种奇妙的时光互映效果，如同将自己的童年P在中年上，或者相反，将中年P在童年上。另外，正文是故事，是特定的具体的封闭的场景，注释则是话语，是宏大的敞开的话语空间，是随笔、议论、叙事、夹叙夹议的集装箱。”我写道：“故事是建筑的主体，注释则是场外的咖啡厅、花园、街道，甚至另一个剧院上演的另一个故事。一本书是一个建筑群，有主体，回廊，花园，仓库，喷泉，诸如此类，读者要有户外活动，光有主体是不够的。”我甚至把这条微博写到小说里——“注释”里。

“注释”改变了我的小说的结构方法，让许多不可能的变成了可能,没有联系的发生了联系,如果过去房间没有窗户,现在可以有一个大窗户,一个阳光房;过去小说是封闭的,现在小说是打开的。在《天·藏》中我感到了这些,在《三个三重奏》中更感到了这些。电影有画外音,小说有了“注释”,这不是一个简单的事情,小说可以像电影那样叙事,编剧、导演、角色都可以参与进来,小说的疆土扩大了多少?画外音在电影里一般比较微小,“注释”在小说中却可以非常强大,这又是小说与电影的不同。两者过去没联系,但殊途同归呼应到一起,一切就是这么有趣。

2014 年

大雅与大俗

2010年3月某一天,《天·藏》脱稿,我觉得身体一下飘起来。我觉得不是我失去重量,就是世界失去了重量。《天·藏》占用了我五年时间——我的每部小说都旷日持久,旷日持久的结果就是很难和它分开。五年深埋于西藏,有点"不知有汉,无论魏晋"。但事实并非如此,五年发生了太多事情,有太多现实的惊讶、愤怒,像三聚氰胺、毒奶粉、地沟油、强拆、贪腐,动辄几十套住房、几十个情妇、几十亿元的巨贪——这些都被我——一个写小说的人,以最冷酷的意志屏蔽了。屏蔽得很痛苦,也很清醒:我正写自己的东西;这不是我的题材;有新闻报道、报告文学、官场小说在写,和纯文学无关。

腐败已败坏了我们赖以生存的水、米、油、奶瓶,那些不可思议的饕餮之人或直接或间接吞噬着我和所有的人,我却认为这些和自己的写作无关。明明我已是多么的愤怒,多么的惊愕,却要躲进小楼成一统。这是对的。一个绝对的个体有时就得这么坚硬,有时就该有些人超越一切从事完全超现实的东西,就像维特根斯坦在炮火纷飞的战壕的某些寂静瞬间,还在思考抽象的哲学问题,还在不间断地书写,战争根本进入不了他的大脑,哪怕子弹就在耳边飞。我佩服这样的超现实的人,差不多有这样的定力,五年时间我之页岩石一样的"抽象"证明了这点。

维特根斯坦认为战争是荒谬的,也是偶然的,战争迟早结束。确实,一战是四年结束的,但《天·藏》写完,我所置身的"战争"却似乎远没有结束,不仅没有结束,而且愈演愈烈,越来越不可思议。"战争"可以与哲学无关,但也与文学无关?简单类比同样会导致迂腐。那么,你真的不能碰你心中的愤怒吗?为什么它们就一定不是你的题材?通俗小说一直在写权力、官场、贪腐,似乎它们互有专属权、版权、长期协议,你要打破这种专属权或协议?另外,文学不能离现实太近,太近了会缺少沉淀,会流于表面。说白了,就是俗,流俗,这差不多是纯文学的金科玉律。但是"近"的东西背后就没"远"吗?儿子的问题难道不是父亲的问题?我记得有一天,这个问题一提出来,我感觉抓到点什么。

那背后的东西是权力。一切都和权力有关。权力当然也是一个很俗的东西,但你认真思考过权力吗?权力背后是什么?人。体制你不用考虑,那是明摆着的,你也管不了,但"人"可是你的正当防卫,是你天经地义的范畴。但事实上你又何曾认真考虑过权力与人到底是什么关系？仅仅是和握有权力的人有关吗？事实上你从来都把权力看作一个“他者”的问题，官场的问题，握有权力人的问题；同时还有一种情绪：嫉恨——相当的愤怒来源于此。总之一些肤浅的、表面的、人所共有的通俗情绪阻止了你深入思考，这点你和普通人没区别。应该排除原始的撒蛮一样的嫉恨情绪，进行理性思考。我曾在微博上思考并写道：“权力难道不是一种物质和欲望的抵达、价值最有力量的实现？人们都渴望平等，事实上也渴望不到平等。在不平等中才觉得实现了某种价值。”我写道：“权力体现在官场上，是否也体现在日常上？风景、海滨、超市、自由市场、爱、美、情欲、厨房、火车、地铁、阅读、书信、电子邮件、微信、微博、旅馆——是否也有权力的影子？从权力的角度思考人，再从人的角度思考权力，权力不再简单，不再仅仅是一个他者的问题，也是每个人内心的问题。”

那么，权力或腐败需要怎样的文学表达？纯文学作家到底能不能面对腐败题材写作？纯文学关注底层，通俗文学关注高层（官场、权力），一直以来为何如此相映而互不来往？通俗文学为什么不关注底层？这也是纯文学不关注高层的原因吗？我注意到通俗文学譬如官场小说，最好的情况也写了人、人性，甚至也写得很深刻、精彩、才气袭人，甚至超过许多一般纯文学，但问题在于重心最终还是没落在人——人的复杂性上。官场小说的书写重心要么是揭露权力腐败有多严重、黑幕、复杂、诡异，要么是深刻探讨了各方面的原因，包括人的原因——这难道还不够吗？不，这的确和文学还是两回事。

因为毫无疑问，人或人性依然是通俗小说的素材、材料，通过什么表达了什么，表达的是社会性的主题，社会学代替了文学。纯文学触及这类题材最简单的办法就是逆袭，将腐败当成素材，不着力探讨腐败原因，也不着力于腐败现象，而是用腐败做一道菜，做出来的却不是腐败。事实上，这涉及文学与腐败（权力）的关系，和过去常提的"文学与政治"关系如出一辙。

过去存在着文学为政治服务的非常不美妙的关系，因此文学远离政治至今也差不多是金科玉律。但是文学与政治到底是一种什么关系，却始终没得到认真的思考。有人的写作后来又介入了政治，虽然人格独立了，但走的还是老路，使更多远离政治的人有理由不屑。但同时，显而易见的是，远离政治已使中国文学严重缺钙，缺少一种拉美式的想象力与冲击力。文学不触及老百姓关注的话题必然式微，固守于象牙塔，因此问题的关键在于怎么触及。正如2010年，刚刚获诺贝尔文学奖的略萨访问中国，彻底澄清了文学与政治的关系。略萨在中国社会科学院做了一次讲演，我参加了，现场有人提到文学与政治，略萨说："文学与政治有着必然的联系，文学不为政治服务，不仅不为，反过来政治要为文学服务。"我听了非常震动，当然不是物质和体制上的服务。我明白，是文学居于政治之上，文学是本体，政治是材料和手段。略萨再好不过地说明了文学与政治的关系：文学要有政治，要碰政治，但政治不是第一位的。

那么腐败或权力与文学的关系毫无疑问也是这样，换句话说，你写作的重心最终不是落在政治上，或是腐败、权力上，而是文学上。这方面其实有非常好的例子，只是我们好像一直看不懂，比如《美国往事》。这是公认的经典电影，一部黑帮题材的电影竟冠之“美国往事”，黑帮能代表美国？但就是这样，《美国往事》如同《教父》一样，触及了黑帮题材，但并没有揭示黑帮存在的原因有多么严重、多么诡异、多么黑幕，而是将这一题材当作了人性的舞台，展示了即使在特殊群体中也存在的宿命、友谊、成长、爱、痛失、矛盾、忧伤。这些是普通人谁都有的东西，这的确不仅仅是一个人的往事，也是一个国家的往事。《美国往事》用黑帮做了一道菜，做出来的却不是黑帮，是人，是美国往事。

其实，道理说开很简单，但有时越是简单的道理越像鸿沟一样，让人难以逾越。跨过这道坎——心理的坎并不容易，需要艰难的思考。从 2010 年写完《天·藏》到 2012 年写这部《三个三重奏》，我不能说思考了两年，但也的确是一边收集素材一边艰难地想。有些东西是在进入人物内心世界之后才真正想清楚的，并且越来越明确，我知道，我大概找到了一条虽不能保证成功却是通往成功的路。我走出了《天·藏》的高原，完成了《三个三重奏》的低地写作。两个作品，一个大雅，一个大俗，两种极致，仿佛天渊的写作。

然而，事实上两者又有着非常相似的东西，那就是我在《天·藏》创意完成的技术动作，差不多在《三个三重奏》中重复完成了一次。比如：创造了一个叙述者——在略萨看来一部小说由谁来叙述极为重要；比如具有明显结构主义特征的三重叙述结构；比如再次运用了大量叙事性的注释。完全不同的题材，却有着相同的技术特征，在我还是第一次。我的考虑是：它们太不同了，因此一定要有相同之处。当然也有变化、发展，为什么叫《三个三重奏》，就是因为三重结构在这部小说中更臻成熟，所以干脆叫了这个名字。另外，注释也更加强大，已完全可以和另两重结构分庭抗礼。有一次我在微博上不无幻觉地写道："注释与正文的切换，有种奇妙的时光互映效果，如同将自己的童年 P 在中年上，或者相反，将中年 P 在童年上。另外，正文是故事，是特定的具体的封闭的场景，注释则是话语，是宏大的敞开的话语空间，是随笔、议论、叙事、夹叙夹议的集装箱。"

我写道："写一个长篇，就像是在建一个庙宇，而进入这个旷日持久的文本，也像进入一个庙堂。你开始是工匠，后来变成朝拜者，朝拜之后仍是工匠。巨大的庙宇，早祷、晚课、午间冥想，在阴影与阳光的结合处匍匐，背对身后的夕阳遥看窗外的风景，看似一个修行者，但你仍是个工匠，从原初回到原初。"

我写道："制造一个叙述者至关重要，这方面中国的小说似乎不是特别讲究，通常作者就是叙述者。制造一个叙述者，作者躲在这个叙述者后面方便多了，一切都可推给这个叙述者。对小说而言，一个熟知官场的叙述者讲官场是无聊的，而一个似懂非懂的甚至装懂的叙述者讲起来才是有趣的。因为想说的说了，不想说的又规避了。”

我写道：“有时写一部小说，就像在无尽的光阴中盖一座高迪的永远盖不完的房子，像西班牙神圣家族教堂盖了一百年到现在还没盖完。西班牙人就是这么邪，总有边界之外的无穷想象。在超现实的结构中有太多的局部、细节、装饰，角、尖、拱，等等，一切都是生长的，向上的，没有止境的。”

两年来，在《三个三重奏》的写作现场，我顺手在微博上写了许多即时的感悟与创作谈，引来了许多关注和讨论。有一次我在微博上发了一通感慨，结果引出了一本书——《思想的烟斗》。如果这本书可以出版，它们才是真正的创作谈，是《三个三重奏》的又一重奏。

2014 年

可拆卸的写作

加拿大女作家艾丽丝·门罗获诺贝尔文学奖，中短篇小说似乎一下站起来，和长篇小说一般高。本来就一般高，不分高下，但多年来它似乎一直是坐着的，也甘于坐着。特别在大众视野里，中短篇小说更像专业小说家所为，首先，中短篇小说主要诞生在文学杂志上，而文学杂志似乎是一些“专门人才”施展才华的地方，与更多读者无关，与市场无关。某种意义，这种感觉是对的，是好感觉，是文学最纯粹的部分。中短篇小说的纯粹性与专业性历来为圈内人称道，都知道其艺术上的含金量整体上高于长篇小说。长篇小说实在是太芜杂了，似乎什么人都能写，因此中短篇小说有时倒成了试金石，也就是说看一个作家的中短篇小说有时更能判断一个作家。有个小例子似乎可以说明问题，几年前一次参加评审中国作协会员，有人几部长篇小说摞得很厚，却没获评委通过，相反有人没有长篇，只在《十月》《收获》《人民文学》《当代》《北京文学》等杂志发过若干部中篇小说，大家没二话就通过了，仿佛纯文学杂志在混乱的书界是免检标志。

然而，情况有时就是这么复杂，好的长篇小说——那些真正的洪钟大吕，威威乎矗立，又召唤着一颗复杂的心。正是在这种复杂的心态下，在一种专业性与洪钟大吕双重召唤下，我写长篇的同时也在写着中篇，写中篇的时候也在写着长篇，有时形成了中篇与长篇互通、可拆卸的写作。有的中篇在杂志上发表了，被选载了，不久它又成为长篇小说的一部分，有的长篇的某部分写成了中篇。虽然如此，它的独立性并不因为成为长篇或来自长篇而消失，特别对我的写作习惯而言，长篇小说是一个建筑群，而不是一所大房子，它应由许多独立而又连通的部分——一些单体建筑——构成，这单体建筑是中篇或短篇，它们属于整体，但整体并不能取代它们的独立性、自治性。事实上即使不把它们单独拿出来发表，它们也经常在我的作品中宣布独立、自治，虽然这权利最终在我。《塔》就是这样一篇小说，它来自我正在写的一部长篇小说、一个建筑群《三个三重奏》。可拆卸写作符合后现代拼贴、互文、重组的精神，世界是可拆卸的，小说是可拆卸的，在拆卸中局部与整体有趣地逆向呈现。写作的最高原则是游戏，在此之下才是各种各样的主题，严肃的或反讽的，历史的或现实的，爱或恨它们被拆卸，但不自知。

2015 年

心灵的照片

2012年春，在密云水库附近购得一间小房子，如此寂静幽美的空间，促使我开写长篇小说《三个三重奏》。

长篇小说是一个大工程，写起来旷日持久，异常孤独，同时小说本身的感触也异常丰富，常常会停下来回味，沉思。过去这时会抽一支烟，此时会上一下微博，把映在心灵上的一些语言通过微博拍摄下来，如同照相或心灵的摄影。这是我女儿形容我的微博说的，她也上微博，有时与我互动一下。到了这年秋天的时候，“心灵的摄影”已卓有成效积累了一些，看着过往“心灵的照片”不无感慨，遂有一天在微博上写道：“长篇小说与微博节奏互补：创世的庞大、艰难、没有边际的劳作与瞬间所感，点点滴滴的另一种记录映照，十分神奇。如同一种复调，钢琴与长笛的间奏，大河与小溪的呼应，构成另一种立体的写作。一部长篇小说下来，后面会跟着多少如涓涓细流的微博呢？”

粗算，到今年五月完成了《三个三重奏》，七八百条计十五六万字。之前在《三个三重奏》接近尾声时心有所感，我又给自己拍了张照片——我在微博上说："很多时候，想的时候比写的时候多，微博不过是想的边角料。或许将来写一本书就叫《思想的边角料》，它们的主要特点是在场的，瞬时的，伴生的，稍纵即逝。它们让思想不再孤单，常常像吸一支烟。对，是思想的烟斗，没事就端上一会儿。特别在失眠的早晨，这烟斗忠实，无语，一如自己的影子，或也可叫《思想的烟斗》。"

这条微博不仅引起朋友热议，也引起了商务印书馆资深编辑长虹女士的注意，同样是在微博上她与我取得了联系，希望出版《思想的烟斗》。长虹女士说她一直在暗中关注我的微博，早有此意，现在是时候了。说实话，我并不觉得特别意外，我知道这些"心灵的照片"的意义，它们一点也不亚于通常照片的意义。

正当我准备整理编辑此书时，小说家也是好友也是经常在微博上与我互动的弋舟，希望我为《民治新城市文学》创刊写点东西，我觉得手头的东西或许正合适杂志，这个就算是我的部分的心灵的"影集"吧。需要说明一点的是，微博是既个人化又有一定公共性的载体，你发了微博马上就有互动，互动是微博写作不可或缺的一部分，因此我也选了一些。事实上由于朋友的露面，微博特有的"场"才存在，否则与日记又有何异？这里我也想借此机会向这两年与我的微博共生的朋友们表示深深谢忱！

是为序。

2015年4月

（本文系《思想的烟斗》自序）

超幻时代的写作

首先,很显然,我要解释一下“超幻”这个词。但是要解释这个词并不容易,甚至某种意义上说是不可能的,因为到目前为止汉语里面也还没有这个词。这个词是一年前我与一个朋友讨论中国惊心动魄的现实时,偶然吐出的一个词,不久前在海南由中国社会科学院文学研究所主持的一个文学会议上,我首次使用了这个词。最近该所主办的权威文学理论杂志《文学评论》即将刊登的一篇文章已开始使用这个词,那篇文章的题目就叫《“超幻现实”与艺术的审判——评长篇小说〈三个三重奏〉》。作者是中国批评家耿占春教授,他也参加了那次海南会议,他是认可“超幻”一词的教授之一。

很显然“超幻”一词非常年轻,像刚出生的婴儿,但我相信它未来会非常强大。因为事实上它已孕育了三十年、五十年,甚至一百年。一百年中国发生了什么?远的不说——要说恐怕我要在这里站上几年——只说最近十年，中国的许多现实都接近幻觉，许多现实的表现手法超过了小说、电影。比如权力的失范问题，权力无所不能，权力的饕餮，权力的超出想象。“超幻”如果解释起来就是超常，超现实，到了幻觉的甚至看上去不真实的程度。举个最近刚刚发生的例子，中国发改委一名高官前些时被调查，且不说他放在银行里的钱有多少，光是从他家中搜出的现金就达两亿多人民币。两亿多是什么概念？铺开了可以有三点五个足球场大。现场点钞人员清点时，竟然烧坏了四台点钞机，这是多么难以想象多么超幻的事。类似的超幻现象还体现在其他方面，前不久河北省一名高级法院副院长因车祸突然死亡，葬礼上竟然有四个完全合法的妻子前来争夺他的尸体，也就是说他曾办理了四次结婚登记，而四个妻子多年来互不相识。不要说他如何办理了四次秘密结婚，就是他如何应付四个神秘的妻子就让人难以想象。这是真的吗？是真的，全部是新闻中播放的但又像是幻觉。一个被调查的逃亡中的官员，最终无路可走，进了一个自由市场，乔装成推车卖菜的农民。大庭广众之下，当调查人员掀开他车上的盖布时，里面不是白菜而是几百万现金，引起轰动。上个月军委前副主席郭伯雄被调查，从他家里搜出的现金已不能用点钞机点，只能用卡车以吨计量拉走，据说他手上的官职几乎明码标价：少将五百万至一千万，中将……

一次次震惊之后是麻木，以至那些贪污了几亿或几十亿，拥有几十套、上百套的房产，几个、几十个、上百个情妇的新闻听上去已没有感觉。倒是中国诗人与官员在同时自杀这一现象，引起某种匪夷所思的冷静观察。在某种意义上说，诗人与官员是最费解的两类人，一般来说他们也是最不一样的人，是事物的两极，但都在选择自杀。有趣的是有的官员自杀前还留下一首诗，当然在诗人看来绝称不上诗，但无论如何官员选择了诗的形式，这就更让诗人绝望。

还有，不得不说的全世界都知道的王立军逃往美国领事馆的事件，无疑是一次超出世界想象的逃亡。作为一个中央直辖市的公安局长，还是这个市的副市长，逃亡时竟然认为美国驻中国的领事馆是最安全的地方，这是不符合逻辑的，但事实上似乎又是对的。刚刚，昨天，中国环境保护部的一个副部长被调查，媒体披露他的腐败行为直接加重了中国的空气污染、北京的空气污染，他与下面的环保公司勾结，用黑社会手段对付市场的竞争对手，比如车祸、非法拘禁……以上种种，看起来是公共事件，与普通人无关，实际上以另一种形式与公众密切相关：我们的食品安全告急，市场上出现了有毒的大米，有毒的蔬菜，有毒的猪肉，甚至有毒的婴儿奶粉，以及地沟油，空气污染肆虐，北京的雾霾……直接影响到公众的日常生活，这背后都有一个权力的逻辑。

这一切看起来已经非常的“超幻”，但若是仅仅如此还并不是“超幻”含义的全部。完整的“超幻”是中国崛起，举着成堆的所有问题在世界上崛起。中国不同于拉美,不同于许多欠发达地区,三十年来特别是最近十年,中国的发展速度像她的所有惊人的问题一样惊人,一样不可思议。GDP(国内生产总值)前几年就超过了日本,成为世界第二,据说用不了太久还要超过美国成为世界第一。中国何时超过了英国、法国、意大利没有一点感觉,超过德国也只是有点印象。几乎就在不知不觉间,中国的高铁世界第一,高速公路世界第一,汽车世界第一,手机世界第一,贸易量世界第一……这一切都非常"超幻",加上始终都存在的"中国崩溃论"就更加"超幻"。似乎一切问题都带来了速度,速度又带来了一切的问题,以至无论"崛起"或"崩溃"都不像是真的,都像幻觉。崛起是否可以牺牲一切?反正不管怎么说,中国崛起了,成为世界第二。这样的超幻似乎足以让人忘记其他的超幻?

事情当然不这么简单,特别对一个作家而言。我曾经是一个强调书写个人的作家,我的主要作品的背景都是在西藏。西藏诸位都知道,那不仅是一种自然的极致性的存在,也是一种世界性的形而上的存在。我曾在那儿生活了几年,体验到一种极端个人的东西。但是中国的"超幻现实"冲击着我,让我从书写西藏高原的情结中走出来,深刻介入到"超幻现实"中来。去年问世的我的长篇小说《三个三重奏》,便是这种介入的结果。我简单介绍一下这部小说。小说无论从名字还是结构,都对艾略特的《四个四重奏》有所借用，讲了三个层次的故事。首先是一个人从小梦想图书馆的故事，他家里最多的两样东西一个是书，一个是镜子，借助镜子，他差不多实现了小时候图书馆的梦想。有一天他差不多是在镜子中来到了看守所，在死囚牢里像神职人员一样与死囚交谈，而这里就是另一个图书馆。第二层故事讲述了一个大型国有企业老板逃亡的故事。逃亡中，也就是在丧失权力之后，他反而恢复了“人”的感觉。第三层故事讲述了一个省委书记大秘书被“双规”的故事。“双规”是一种有中国特色的拘押行为，通常是调查人员在任意场合突然把人带走，然后在宾馆包几个房间或在党校招待所进行秘密审讯。我在小说中没有选择这一通常的做法，而是将审讯地点放在了一个由废弃工厂改成的艺术区。

艺术区原是东德援建的大型企业，厂房为包豪斯式建筑，废弃之后成了艺术家的画室、展室、酒吧、工作室，有行为艺术与小剧场演出。调查人员入乡随俗请来“白色”艺术家与绝症患者对省委书记的秘书实施了“白色审讯”与“死亡审讯”，堪称区内最极致的行为艺术之一。绝症患者是一名审讯专家，大学教授，他已放弃治疗，住进了山中的一个寺庙里，打算用“坐缸”方式圆寂。“坐缸”是佛教的一种死亡方式，死前自己坐到缸里，下面铺了木炭，死后点燃。绝症患者同寺庙方丈打赌，说火化后他会出现舍利。其实他准备事先吞食大量安眠药，同时吞下从河里捡来的数十颗彩色石子，正当准备实施，山下来人将绝症患者接到了艺术区……他撬开了秘书的嘴……回到山上,他“坐缸”圆寂后果真出了舍利,方丈也如约为他修了一座塔……

如同拉丁美洲有“魔幻现实主义”文学,中国也有了“超幻现实主义”文学,尽管现在还没有命名。如何看待中国的现实?有政治眼光,经济眼光,历史眼光,社会眼光,精神分析眼光,哲学眼光,也有文学眼光。文学眼光不是其中任何一种眼光,却是所有上述的眼光,如同复眼。“魔幻”无疑是一种文学眼光,“超幻”也是。事实上“超幻”的一个重要来源便是“魔幻”。上世纪 80 年代中国刚刚打开国门,以马尔克斯、博尔赫斯为代表的拉丁美洲文学涌入中国,比起欧美文学,中国人感到一种特别的亲切,仅从苦难与荒诞不经而言,中国与拉美多有相似之处,以至那时我们常用“魔幻”定义自己。但是到了 90 年代,特别是近十几年,中国已不是“魔幻”,而是“超幻”——抑或从来就是“超幻”。

“超幻”与“魔幻”在我看来,至少有以下几点不同:

一、历史不同。中国有着五千年连续的没有中断的文明,是世界上独一无二的,这本身已很“超幻”,而这一文明的核心或者说主轴是权力,即统治者如何获得权力,使用权力,让权力无所不在包办一切。福柯写过一本书叫《权力的眼睛》,探讨了权力的微观运作方式,他用眼睛形容权力非常贴切。中国历史布满了众多的巨大的权力的眼睛,某种意义是一个布满权力眼睛的怪兽。拉美的"魔幻"当然也有权力的眼睛,但这眼睛要小得多。

二、逻辑不同。在权力的主导下,中国的一切都是有逻辑的,又是非逻辑的,往往以逻辑的方式产生着非逻辑,又以非逻辑的方式产生着逻辑。逻辑与非逻辑并存产生了"超幻"。我们在拉美的"魔幻"中还可以看到民间性,甚至某种浪漫性,在中国几乎不存在"民间",更谈不上浪漫,我们的文化太悠久了,权力的历史太悠久了。

三、时间不同。同样在权力的主导下,中国从一个太慢的国家变成了一个太快的国家,甚至失重的国家,许多方面譬如经济、时尚、流行文化、娱乐、体育,中国用了三十多年时间走完了西方数百年的历史,历史没有中断,短时间内成就非凡,中国的时间就像是被高度压缩的内存,不仅压缩了西方数百年的时间,也压缩了中国数千年的时间。由于时间太快,中国的城市非常怪诞,几乎千篇一律长得全都一样,完全是一种复制的互联网内部的状态。中国的乡村变化一样惊人,三十年前中国的许多村子同古代无异,现在许多村子只有老人和孩子,甚至空无一人,进了村子会感到恐怖。最近在我编辑的杂志上发表了一篇小说《声音史》,这篇小说通过一个人的听觉,写出了现在乡村的空心化,村里的人打工的打工移往城镇的移往城镇,一场洪水之后村子如同历史遗存,只剩下两个人:一男一女,两位老人。两位老人过去还有矛盾,后来慢慢地相依为命,住到一起。中国有句成语叫"地老天荒”，过去只是形而上的意义，现在却是乡村的现实。

中国——如何理解中国？目前也只能用文学的方式理解中国，任何其他的方式都是失效的。未来中国到底如何，或许是当今世界最大的问号，或许唯有文学是这一问号最好的伙伴。

四、网络。网络是一种前所未有的存在，中国的各种“超幻”都快速地呈现在网络上，现实本来已经“文本化”，经过网络超视距的映现，构成某种双重的“超幻”。这对小说提出了巨大的挑战，一方面小说不能再像过去那样单线条单面体叙述，同时现实也包含着丰富的形式可能，某种意义上越是现实的越是先锋的。

某种意义怎么看已包含了怎么写，现实包罗万象，你用传统眼光看现实，现实依然是传统的；用“超幻”眼光看，现实就是“超幻”的。但并非没有差别，“超幻”无疑更具有时代性。

“超幻时代的写作”我理解至少应包括四个方面，因为时间关系，现在我用最简单的语言描述一下：

一、介入性。既然中国的现实提供了如此剧烈的地壳变动，这个时代的写作就应该是介入的，批判的，甚至介入到社会热点问题当中。但介入必须严守文学的边界，以人衡量一切。“超幻时代”的人有着最复杂工艺切削的钻石角面，同时这一角面也可理解为漫山遍野的废弃的矿坑、矿洞，这样的生态也是人的精神写照。

二、思辨性。如果说批判性的主题是确定的，显层的，那么现实本身包括人性本身同样也有测不准的一面，吊诡的一面，悖谬与宿命的一面，人性与现实的错位绝不是简单的。有看得清的，有看不清的，应保持某种开放性。

三、寓言性。现实本身存在寓言性，前面提到的小说《声音史》，在地老天荒的情况下，两位老人像老年亚当和夏娃。寓言性是小说开放性的一种方式。

四、反讽。反讽是对一切强大事物的超越，无论现实有多么荒谬，背后有多么强大的东西，都必须超越，而反讽是可以超越上帝与魔鬼的一种目光。

五、冒险性。“超幻”的眼光无疑是一种复杂的眼光，此种眼光本身已包含了某种复杂的形式，一旦形成小说，无疑会带来小说形式的变化。变化从来都是有风险的，一方面是艺术本身的风险，一方面即使艺术上成功了，也在读者那里存在着巨大的风险。

我在《三个三重奏》中改造了传统的“注释”元素，在“注释”里大段大段地叙事，有时长达十几页，小字体的“注释”与小说正文适时地切换，如不同时光互映、河流带着两岸的倒影，成为小说第二文本。另外，“注释”除有叙事功能，还有结构功能、话语功能，甚至导演功能。时间不再决定小说，改由空间决定；时间在小说中甚至不再是河流，而是湖泊，或不再是单体建筑而是建筑群：

分散,联通,又是一个整体。

我不是极端的形式探索者,不会一意孤行,不会抛弃读者,但一点不承担风险也不是我的选择。

2015 年 10 月 28 日

（本文系在美国哈佛大学的演讲）

第六辑 阅读

在世界美文长廊里行走

《世界美文观止》是我房间里最近的一个细节，这样的细节日积月累，从我上大学开始已历三十五年。这样的细节一旦打开，又是一个无限的世界，是我已不算小的书斋根本无法盛装下的世界。我的世界就是这样，被浓缩在一本本书里，又难以找到它的边界。张守仁先生编选的《世界美文观止》更是这样一本书，特别符合我对书的感觉。

三十五年，我对书有一个信任与怀疑的过程。年轻时信任书，也加上时代值得信任，把书看得崇高，记住了许多关于书的格言；后来对书产生了怀疑，甚至越来越不信任，书的增长速度慢下来，停滞，甚至开始逆增长，然后慢慢消失——让有些书。当然，信任并没消失，只是越来越严格，在严格中——套用里尔克的诗——如果此时信任，就永远信任，正如如果此时怀疑，就永远怀疑。随着阅历增长，我的严格越来越准确，这是不用说的。我信任一个八十岁老人编选的散文,在我看来人的一生不是小说而是散文,而一个八十岁的老人看待一生应该是水落石出的,清清楚楚的,我信任这样的散文,一如信任卵石。我信任一个一生都致力于散文的人,一个写散文的人、翻译散文的人、编散文的人、仅个人就收藏古今中外散文选本达上千册的人。我信任一个一生有着坚定散文观的人:“要有我,写独特,独特写。”这也是我的散文观,我不知道什么时候接受了并把张守仁先生这一散文观变成了我的散文观,作为一个“新散文”作者,我深知独特是一种世界观,一种方法论,在这个意义上,很早我就惊讶张守仁作为一个老先生,一个前辈,竟然一点不保守,总是同年轻人在一起。

我记得应该是 1997 年,散文家苇岸在北大蓝月亮酒吧主持了一次散文朗诵会,与会的全是新锐年轻的散文家、诗人,前辈散文家只有两位,其中之一就是张守仁先生。那是我第一次见到张守仁先生,他讲了话,对年轻人的散文写作给予了热情的肯定。不久苇岸病逝,张先生给予了苇岸很公允的评价。许多年后《世界美文观止》收入了苇岸的《美丽的嘉荫》,我觉得特别亲切,特别大气,特别有眼光,在短短的题解中,张守仁先生用干净如卵石的语言概括了苇岸的写作:“1988 年,他徒步旅行,抵达黑龙江的嘉荫,迷醉于边境小镇宁静、平和与友善的气氛。嘉荫是中国的北方,也是俄罗斯的南方。站在河畔,他羡慕鸟、鱼、云不受国境线约束,能自由往来,因而感到‘自卑’。他盼望人们能像鸟类、鱼类那样不受阻隔地越过国界的樊篱，‘总有一天人类会共同拥有一个北方和南方，共同拥有一个东方和西方’。”（我清楚地记得《美丽的嘉荫》最后一句话：“那时人们走在大陆上，如同走在自家的院子一样。”）苇岸是一个新型的独特的散文家，把苇岸放进世界散文的谱系，足以看出张守仁先生胸怀世界的眼光。

写作要独特，编书也要创新，《世界美文观止》一大特色是每篇数百字的题解非平铺直叙的介绍，而是以相应的散文化语言对正文有所补充，有所丰富，有所延伸，甚至有所对照。比如《世界美文观止》编入了德富芦花的《海上日出》，编者请读者对照读清代姚鼐《登泰山记》中观岱顶日出的华彩段落，同时欣赏英国作家哈代的《德伯家的苔丝》里描写初升的太阳，“简直就是一个活的东西，有金黄的头发，和蔼的微笑”，也不妨读高尔基在《在人间》里，写他看见太阳从树林后面升起、在林子上空燃起一堆火焰的瑰丽场景。这不是靠简单资料完成的，需要编者的个人才气与研究者的板凳功夫。据我所知，每位入选作家，张守仁先生都要读上他的几十万字，方才落笔题解导读，当今下此功夫的编者有几人乎？

《世界美文观止》从世界上百余国家的万余篇作品中选取了一百六十篇佳作，其中外国美文八十篇，中国美文八十篇，最古的两篇分别是公元前 6 世纪古希腊伊索寓言《鹰与蜣螂》，公元前 4 世纪古中国庄子的《庖丁解牛》，恰好两篇我都读过，同时又都在我的阅读中奉为圭臬。八十篇对八十篇构成中外散文的对话，总的感觉古中国与世界的对话更有力量，个人感觉《庖丁解牛》形而上的味道超过《鹰与蜣螂》，两者维度不同，前者是哲学，后者是道理。毋庸讳言，后来的落差是显而易见的，但比较本身也的确可以说明中国是一个可与世界比较的国家或者文明，这样的国家或文明世界有几何？这也是我读《世界美文观止》的一点体会。

捧读《世界美文观止》，有的读过，有的没读过，读过的就像朋友一样分布在书中，感觉特别亲切，像萧伯纳的《贝多芬百年祭》，培根的《论美》，蒙田的《热爱生命》，马丁·路德·金的《我有一个梦想》，加西亚·马尔克斯的《与海明威相见》，司马迁的《报任安书》，陶渊明的《桃花源记》，梁启超的《少年中国说》，鲁迅的《从百草园到三味书屋》，吴伯箫的《菜园小记》，史铁生的《我与地坛》。当然，更多是没有读过的，是新朋友，是在世界文化长廊里的漫步与行走。

2014 年

梦幻空花

孙小宁的读书观影随笔集《看得见风景，望不见爱情》读了四分之三，决定放下。这种念头在读到一半时就隐隐有了，到这个周末的早晨，原想用一天时间静静读完，结果读到《人间草木，有省即苦》一文，感到瞬间崩溃，再无法读下去，便合上了书。遂想有些书不一定非要读完，留下一点念想，一点未知，或许也是读书的一种方法。但我知道，这依然纯粹是我个人的托词。

孙小宁是著名品书人，还特爱看电影，很早我就知道每到周四她要去小西天电影资料馆看电影，散文家周晓枫也是这样，我记不清是她后来拉上了周晓枫还是周晓枫后来拉上了她，两人有时还电话相约一起去。我说这些是想说，我对孙小宁的了解是如此的具体，连这事都知道。我们相识有十五年了，自从某年我开了一辆破车，带着孙小宁和另外几个朋友一起去昌平拜访苇岸，我们就一见如故。相识多年，见面无数，包括一起出差，觉得特别了解孙小宁,任何时候可以拿起笔来就写。这次看她的集子,我想无非是重温一些东西。结果越读她这本作品集心里越毛,那些电影,包括很著名的电影,我一部也没看过。这已使我非常惭愧,觉得这些年似乎没活在这个时代,这也罢了,咱是读书人嘛,不看就不看。可是读到一半时发现,孙小宁谈的那些书绝大多数我也没看过,这其中包括我听说过的帕慕克的《纯真博物馆》,菲利普·罗斯的《遗产》、西藏题材的江觉迟的《酥油》。知道的,不知道的,我都没读过。我已自外于那些伟大的电影,还要自外于这些伟大的书籍吗?你这些年都干什么呢?你是一个当代人吗?或许你是《聊斋》里的人,从《聊斋》里探出头看孙小宁的书?

当然,还有一点最后的顽抗,我可以依然拉黑了脸说我可以不看那些书,那都不是我必看的书。然而,到了孙小宁谈《人间草木》的文字,我的最后一点抵抗也被解除。《人间草木》作者为周宁(我完全不知道此人)谈了四组人物:托尔斯泰与马克斯·韦伯,来华传教士马礼逊与柏格理,文化遗老梁济与王国维,苏曼殊与李叔同。且不说这都是我感兴趣的重磅人物,就是把这些不同年代、不同国度的人放置在一起谈,其思维方式就应是我必看的书,就应在我的阅读范围。可我不仅没读过,要不是孙小宁谈论,我连知道也不知道。而孙小宁对此书谈论得又是如此精要、精彩,其后的对话更是深入肌理,启智明心。至此,我再没啥可说的;至此,一个我一直觉得熟悉的孙小宁已变得完全陌生。这篇谈论《人间草木》的文字恰处在书的第三部分“空”的结尾——书的四分之三的位置。

无论出于何种理由，我都该留下四分之一部分，我甚至觉得自己没有资格再读下去。与此同时我做了一个决定，按图索骥看看那些电影，读读那些书。这个决定尽管还没开始，但已让我心里头轻松了不少。

某种意义上，我觉得那些被孙小宁看到的书或电影是幸运的，一部好书、一部好电影最终是要由读者或观众共同完成，这是在论的。但我认为这里的读者与观众，绝非一般的读者与观众，事实上这些人为数极少，他们有着某种天赋，所谓“共同完成”应该是指这样的读者或观者。孙小宁无疑就是这样的人。以我这种老江湖，这种顽固不化的人，要想打动我绝非易事，更不消说击溃我。但如此熟悉的孙小宁，却以她绝对的陌生让我崩溃。合上书，我在想，像孙小宁这样为数极少的“读者”，什么东西起着作用？

首先，毫无疑问，对一部书或一部电影要有足够的掌控能力，或三言两语，或小角度，或凌波微步，或行云流水，这些看起来好像是基本功，却委实包含着个人天赋。没有天赋注入的基本功，事实上是难以想象的，甚至是可怕的，就最本质而言，也不能称为基本功。概括一部书或一部电影，某种意义是二度创作，事实上非常难，每一次文字切入与展开都需举重若轻，是四两与千斤的微妙之关系。这方面我不知道孙小宁是得天独厚,还是隐去了难度,不露痕迹,反正她的切入总是那么不经意,却一下将我带入。有一天读《起落生死书意趣》一文,实在感慨,便在微博上写了一小段:“一个教授被自己的书架藏书砸伤了。他从桥上跃下,旁边的女孩子记得水花飞起的时间是七点十五分。这两个普通的陈述句同样触动我,它们朴素而智慧,而且是不经意的智慧。这种静静的智慧,就像黄昏阳光的移动一样,收着你的目光。”教授被自己的书砸伤是这篇文字的开头,“水花飞起的时间”是一个描述性的细节,一个智慧,一个形象,入微又不刻意,这样的读书文字能不迫使你读下去吗?

此前我在微博上还写过一条:“在某一类书中,我喜欢一些脱颖而出的句子,这些句子都是经验的触点,像灯照亮其他文字。‘每天的生活一如既往在争吵与和解中度过,直到夜深人静,她才会到厨房抽一根烟。’‘每个片中的女人都被伤到一部分,但正是伤到部分让女人确认了自己。’这样的语言之颖,在《看得见风景,望不见爱情》这本书中比比皆是,如一盏盏灯。”

阅读的时候,我在书上标出了很多,每每都要感叹她的陌生,她灵魂的重量。孙小宁的语言之颖是她天赋中最重要的一部分,在有着天赋的基本功之上,再有这样的语言之颖——个人经验的凝聚,孙小宁的读书随笔自然卓尔不群,亦是“共同完成”的“读者”的不可多得的人选。

一点不错,《看得见风景,望不见爱情》是一本有灵魂重量的书,书中涉及的爱、伤、死、病、绝症、依存、善、拯救、疼痛,均是灵魂的砝码,个个都沉甸甸的。我不知道一本开本不大的书,一个有着明朗笑声的女性头脑,怎么能装得下这么重又这么疼的灵魂?这是另一个孙小宁。而我熟悉的孙小宁是这个因疼痛而沉重的孙小宁的影子?或两个孙小宁互为影子?翩翩起舞,一个自己和自己的双人舞?那些无法承受其重的主题,在书中分作了四个部分:梦,幻,空,花,使这些主题获得了某种形式,一如音乐的四个部分。死亡的主题各部分都有,表达方式却不同,它的反复出现,使其他主题比如伤的主题、爱的主题、疾病的隐喻,有了某种挥之不去的影子,沉重而又迷人。其中特别迷人的一篇文字是《美与哀伤》,写了三组年轻人,涉及伤、死亡、爱,堪称生命的绝响。

然而一本如此沉重迷人的书,为什么叫《看得见风景,望不见爱情》这样一个轻的书名?何不叫《梦幻空花》?前者绝非本书的风格。也许有意为本书留下一道伤口,一个有意的划痕?事物不能太完美了,自我破坏或许也是一种疼痛,一种难以解释的需要?只有在这个意义上,这个书名或许才是恰当的。

书的四个部分均以"对话/声音"作结,也颇具意味,既呼应了"梦幻空花"的空灵,也有了某种戏剧结构。这无疑是出自孙小宁的心血。可见,除了随处可见的语言之颖,孙小宁在整体上也是一个颇具形式感的人。形式与细节，这是两个极为重要的东西，是基本功之上的一种真正的天赋。

作为文化记者，对话，访谈，是孙小宁的看家本领之一。我读过孙小宁与台湾文化奇人林谷芳的长篇对话，两个优雅之人如南北两个禅者，一言一语，来来往往，文化的骨髓粼粼闪闪，又古色古香，于是担心本书孙小宁与“痞子”王朔的对话，她对付得了吗？结果发现王朔竟然未占得上风，甚至始终处于下风，这似乎是从来没有过的。看看孙小宁是怎样以自己之颖对话王朔的吧——“我是看了这本《致女儿书》，才有了采访你的想法，要是不看书，看你在凤凰卫视《锵锵三人行》中聊天，就觉得你巨狂躁，不可理喻，也就没有谈的必要。”“我觉得《致女儿书》局部精彩，但整体有些拎不清。”王朔是怎么回答的？“我狂躁吗？你用它来形容我，我没意见，但我无非是哇哇聊，不让人说话嘛。其实我害羞，见人紧张，紧张就攻击。”关于“拎不清”——好一个“拎不清”，王朔说：“这不是一次成功的写作。我也不明白，我是明白多少写多少。”一贯的腔调，但似乎是靠着墙，孙小宁则像在另一空间一样自在。

因此，我还想说，这样一本书怎一个《看得见风景，望不见爱情》可概括？即使如我这个几乎是《聊斋》时代的人，也觉得有点匪夷所思。用《梦幻空花》这个名字吧，再版的时候。《聊斋》时代的人虽远，但有些事看得更清楚。这本书的后记中说“梦幻空花”是宋代禅僧天童正觉偈语中的四字,那就更恰当了,这四个字与书的整体风格可谓天衣无缝。

2013年

祝勇印象

最早听到祝勇的名字，我还在一家广告公司，与文学已多年无缘。我清楚地记得那时我刚刚认识了苇岸，他让我重新认识了文学，我们开始交往，他到城里来与我们见面，他有什么活动会叫上我，其中一次是散文活动，苇岸提到了祝勇。那次活动在北大的蓝月亮酒吧，见到了许多文学界的人，主要是诗人、散文家，有几代人，可惜祝勇没来。我记得应该是 1997 年秋天，或稍晚一些，当时我觉得祝勇挺各色的，这么重要的活动居然不来？我的感觉上一直留有这么一个模糊的很难准确的印象。印象就是这样，常常它是错觉的代名词。待真正见到祝勇，发现是个爽快而且如此年轻的帅哥，为人非常明朗，简直可以一鉴到底。

我喜欢这样的人，喜欢看上去一鉴到底但又有极其丰富层次的人，喜欢因为这些层次或深入这些层次，而越来越感到他实际上是个深不见底的人，甚至你会消失在这些迷人的层次中。有些人正相反，看上去满脸深刻，老成持重，深不可测，实际上拿竹竿试试，很浅。这且不说，还净是石头、泥，所谓深度不过是浑浊与多种霉。祝勇与此正相反，在他身上你不可能闻到霉味的东西，阴阳怪气的东西，云遮雾罩的东西，煞有介事、忧心忡忡、角色混乱的东西。

祝勇是一个很敞开的人，在北京作协，祝勇、凸凹、华栋我们经常凑在一起，一到年终总结开会，晚上吃完饭，就互相找，聊聊，谈谈，有时徐小斌和林白也会加入进来，大家主要是聊文学，聊书，聊一些现象。总之，我们都是一些敞开的人，我们互相欣赏各自的敞开，而这其中祝勇是一个能够增加这种敞开亮度的人。他总是去肯定，说：对，你说得太对了，就是这样。我特别爱听祝勇这样说，因为我能感到他这样说时是洞悉了某种东西的。实际上我们经常互相这样说，这也是我们经常在一起的原因。我们也有争论，不可能没有，但即使是在表达异见时祝勇也是清晰的，明朗的，优雅的，一如他阐释的内容。

因为同为“新散文”写作者，我们有着更多的讨论。说起“新散文”，祝勇对“新散文”在理论上的梳理与确立，在某种意义上功不可没。中国正经的文学流派不多，所谓“正经”是说有创作群，有理论，有自觉，有阵地，有影响，这方面朦胧诗堪称翘楚，散文界是“新散文”。“新散文”自 1998 年在《大家》正式登场，出现了一批迥异于传统散文的文本与作者。1999 年《散文选刊》推出

"新散文作品选",配发了主持人语称:"作为一门古老手艺的革新分子,新散文的写作者们一开始就对传统散文的合法性产生了怀疑:它的主要是表意和抒情的功能、它对所谓意义深度的谄媚、它的整个生产过程及文本独立性的丧失,以及生产者全知全能的盲目自信,等等,无不被放置在一种温和而不失严厉的目光的审视之下。"尽管有此精要的描述,并有文本,但当时并未产生决定性的新影响。事实上直到2002年祝勇写出长文《散文:无法回避的革命》,对"新散文"进行了阶段性总结,"新散文"才真正地风生水起,引起轩然大波,被历史正式确立。此文着眼于文体,列出了长度、虚构、审美、语感等四项指标,论证了"新散文"所不同于制度散文的特质。祝勇意气风发而又不乏理性地说:"纸上的叛乱终将发生,迟早有人要为此承担恶名。但是,对于一个健全的文学机制而言,背叛应是常态而非变态,因为只有背叛能使散文的版图呈现某种变化,而不至于像我家窗下的臭水沟一样以不变应万变,这是一个无比浅显的道理。散文叛徒们与'断裂'主义者的区别显而易见:后者的利刃斩断过去,而前者的道路通向未来。"

正如国外的一些文学流派往往理论与创作集于一身,祝勇不仅是"新散文"理论的旗手,也是创作上的主将。他的长篇散文《旧宫殿》在体量上堪称长篇小说,是"新散文"标志性的作品,亦是他自身理论的实践。《旧宫殿》将长篇小说的结构、语感、话语方式、解构、戏仿、互文等诸后现代观念引入散文，其文本的反讽叙事与历史本身的严酷叙事，构成了相互对照与指涉，既消解又批判，既颠覆又建构，突破了单向维度，其丰富多声部的形式本身，就具有强烈的当代知识分子面对历史与现实的个人姿态。个人，是“新散文”的基点，变是必须的，但无论怎么变都不能离开这点，正所谓万变不离其“综”。这是“新散文”的秘密，也是一切文学流派应有的秘密。祝勇深谙于此，这也是我们关系的基础。

祝勇的写作远不止“新散文”，他的写作涉及思想、学术、小说、评论、历史、艺术、旅行、电视——一出手就捧回一个“金鹰”奖。而他现在的工作身份是“故宫学”学者。这是一个难以描述的人，当祝勇嘱我写此文时，我有一种无从下手的感觉。我长他十岁，他已著作等身，出版的书不下四五十本。得了“金鹰奖”后我曾担心他在电视领域走得太远，毁了自己——电视可毁了不少人，结果一个转身他又回到散文上。一次他跟我谈了一个想法，想写一个艺术系列的散文，用今人的文化视角，比如写写王羲之的《兰亭序》、张择端的《清明上河图》，以及《韩熙载夜宴图》，诸如此类，问我《十月》可否做个栏目，做上一年。我觉得太好了，所谓“踏破铁鞋无觅处，得来全不费功夫”，有时当编辑就是这样，朋友交到位了，好稿子自然来了。几乎当即拍板，并大加鼓励。果不出所料，读着这些“预设”文本，不仅对祝勇的担忧消失了，而且觉得这是祝勇新的起点，至少在散文创作上是里程碑式的作品。

祝勇的许多“痕迹”都体现在这个系列里，小说的，思想的，“新散文”的，学问的，历史的，甚至电视的，我感到惊异，感到祝勇在“整体”地浮现。而祝勇依然是一鉴到底的清晰，然而他的清晰的层次又是让人如此地迷失，难以把握。

在我看来这才是真正的深不可测，是敞开，而又没有尽头，我以为这才是一个作家的境界。

2013 年

邱华栋的世界

很多年前,我不太关注文学,但已多少知道一点邱华栋。应该是上世纪 90 年代初,北京有了一些新兴建筑,像建国门外的咖啡色的荣毅仁大厦,米色的长富宫、赛特,新城市风景线已崛起,加上立交桥,还有新兴的亮马河一带,长城饭店,昆仑饭店,五光十色,让我这个土生土长的北京人对眼前的新北京有一种巨大的陌生感,异物感,很难进入理解、感受、分析、描述范畴。这是一个异质的北京,异乡的北京,身体之外的北京,接受,又排斥,甚至恐惧。我知道它的意义,但又觉得和自己是两码事。我觉得很多人跟我的感觉一样。但是偶尔我看到邱华栋描述了它们,它们那么陌生、沉重、异物感,但邱华栋却轻松并且漂亮地勾勒了它们。那种笔触和描写是前所未有的,老舍笔下没有,王蒙、陈建功、汪曾祺、王朔笔下没有。不可能有,它们刚出现,但是被邱华栋写出了。说实话当时我简直有点嫉妒这家伙:这是我打小生活的北京，怎么让他写了？它再新也是我的。可又一想：我能写吗？我描述胡同可以，描述那些新兴的本质上是摧毁我的大家伙不可能，它们再放那儿多少年也不可能。

华栋后来的写作正是沿着北京的世界性走的，最近新版的"北京时间"系列四部《白昼的喘息》《正午的供词》《花儿与黎明》《教授的黄昏》，均写于上世纪90年代与新世纪头十年，均有一种世界性气息扑面而来，又有一种让我惊讶的陌生。这种陌生不由得让我深思两个问题，一是当初阅读这些作品为什么没有今天感觉这样强烈？那么离当下生活比较近的作品是否本身需要时间？放得旧一点反而有一种时间的香气？当然仅有这点还不够，还要有一些其他因素，比如新视野与新阅读的因素。这四部作品，特别是《白昼的喘息》与《教授的黄昏》，让我鲜明地想到智利作家波拉尼奥，想到《2666》与《荒野侦探》。与以往不同的是，过去我们看一个作家与另一个作家的因缘关系，往往是由时间差决定的，比如福克纳、马尔克斯、莫言，基本差着年代，某种相似性天然地被视为借鉴或学习，而华栋与波拉尼奥既是隔绝的，又是共时的，至少波拉尼奥的作品近年才介绍到中国。相似又共时，这又是北京世界性的一个表征，上世纪六七十年代甚至80年代这种情况根本不可能，唯90年代后出现。

波拉尼奥是我近年特别心仪的作家，过去我对拉美文学一直停留在魔幻现实主义那批作家，似乎他们难以超越，但是对我而言,波拉尼奥终结了以马尔克斯为代表的那批魔幻作家。首先,魔幻现实主义之后,拉美是否还有超越性的作家?有,就是波拉尼奥。另外魔幻现实主义是上世纪五六十年代的事,离当代的语境太远,那么当下的“当代性”文学怎么面对呢?作为与我们同时代的作家,波拉尼奥走出了一条路,至少我感觉在波拉尼奥这里,文学又向前发展了。在如何处理当代经验上,魔幻现实主义已不能给我们直接的启发,和我们不在一个共同的“场”里,但波拉尼奥让我感到了某种共时的“场”,共同的“场”。这种启发特别直接,也特别让当代作家感到自信。让我没想到的是,时隔几年,当我重读邱华栋的“北京时间系列”,一种波拉尼奥的气息扑面而来,这也是邱华栋让我感到陌生的原因之一。

邱华栋的《白昼的喘息》写于 1995 年,描述了上世纪 90 年代活跃在北京的一批流浪艺术家,写作时间与作品时间几乎重合,非常当下。小说讲述了这些有文学和艺术理想又放浪形骸的边缘人的生活,他们在急剧变化的都市中追寻成功,经历困顿、挫折、思索,作品洋溢着强劲而粗粝的生命气息与荷尔蒙的混乱,尽管采用了略萨的结构现实主义的手法。非常巧的是,波拉尼奥的《荒野侦探》也是写了一批诗人艺术家,作品展现了现代社会里一个特殊群落——压在文学金字塔最底端、为文学崇拜充当庞大基数的一大坨无名文学青年,他们的梦想与腥臊共存、热忱与窘迫并举,小说既有惊人的文学知识吞吐量,又表现了巨大的不靠谱能量的混乱生活的全貌。

邱华栋创作于2008年的《教授的黄昏》，描述了最有代表性的两类知识分子生活，特别创意的是通过一个文学教授的眼睛，来打量一个经济学教授的生活，又通过一个经济学教授的婚姻变化，折射出当代社会的往往具有颠覆性的激烈变动。这部小说的开头写了一个大型的经济学家与人文学者的研讨会，有趣的是，波拉尼奥死后才出版的他的最负盛名的《2666》，同样写了几个人文知识分子，同样写了研讨会。以我的经验，会议是最难进入文学叙事的，因为它太格式化，太无趣，太让人容易昏昏欲睡，但让我惊讶地改变了观念的是，波拉尼奥竟然把会议文件、论文、发言、场面写得生气勃勃，津津有味。也就是说在波拉尼奥那里没有什么是不能叙述的，甚至对一封信的叙述、对一篇论文的叙述也可以成为整章小说。波拉尼奥在叙述上有一种野性的力量，无所顾忌，没有任何清规戒律，一切都可以叙述，这便是波拉尼奥的当代性带给文学的新进展。

而邱华栋在《教授的黄昏》中，在《正午的供词》中，在《白昼的喘息》中，甚至在反映乏味中产阶级生活的《花儿与黎明》中，同样有一种野性的叙述力量。没有什么是华栋不敢叙述的。这里应特别提及的是《正午的供词》这部小说，它发表于2000年，表面上叙述了一位导演和一个女明星的故事，实际上这不过是类似许多纯文学借助“侦探”概念构筑小说一样，是个壳而已。这部小说的激进叙述行为堪称“文学的装置”艺术行为，没有什么是不能叙述的，小说将报告、文件、日记、散文、诗歌、剧本、回忆录、评论、案宗、消息，甚至小说本身拼贴在一起，看起来眼花缭乱，到处都是入口，事实上又是出口。当然了，对于许多读者，甚至专业读者来说，这种野性的叙述显得太过分了，但是如果作为一种“文学的装置”来理解，未尝不是小说道路上的一个路标。文学应该具有这样“火星探路者”的勇气，这个勇气落到邱华栋身上恰如其分。探索，创新，无疑也是北京应有的世界性，艺术在这里发生，文学在这里发生，我不能想象如果北京不能“发生”，还有哪里更应该“发生”？如果不在邱华栋身上发生，还能在谁身上发生？

2015 年

禅如何观照

一直以为禅是一种静观、独善的境界，一种智慧与修行的哲学与思辨，通常被划定为极小的个人范围，往往“一沙一世界，一树一菩提”，滴水见太阳，似乎不关注社会、现实、当代，特别是知识分子喜欢纠缠的一些公共问题。总而言之，一直以为禅是一种个人的境界，与现实的思想探索包括理论探索无关。对此，我对禅一方面充满个人的敬意，一方面对其不参与思想的现场感到隔膜与遗憾。禅无疑是世界性思想的源泉之一，与西方的哲学与思想有着不解之缘，先有叔本华、尼采，后有海德格尔、萨特、德里达，这些西方哲人总是能不断从禅里汲取思想，让现代哲学变得异常灵巧幽微又宏大。有些词，像观照、主体、自在、自由，在现代语境下非常相近，但又是多么不同。“观照”是东方的，“主体”是西方的，“自由”是西方的，“自在”又是东方的，两者在不断地越界腾挪下越来越走向融合。

在某种意义上如果说禅是一种哲学——是如来的手掌，那么从禅汲取了思想资源的叔本华、尼采、海德格尔、萨特、德里达就是孙悟空。的确，从某种角度看，他们似乎没跳出如来的掌心，但从另一角度看，没有孙悟空，佛掌是什么？佛掌之大还能得以呈现吗？但问题不在这里，问题在于我们是否有孙悟空？孙悟空为何总从西方而来？禅本身是无法诞生孙悟空的，或许需要双向运动：一是当代的思想者或思考者走向禅，发出禅问，从禅汲取思想资源；一是禅或者禅者走出“一沙一世界”的静观，与现实交刃，看看是禅锋利，还是现实锋利，或者两者都很锋利，寒光闪闪，碰出思想的火花，现实因而被照亮，禅也因此在当下复活，而不仅仅是被思想者收藏的思想之器。器越用越亮，水越流越活，思想之水与器亦如是。

近读孙小宁的《观照，一个知识分子的禅问》，十分意外，正是源自上述的背景。我终于看到了中国的思想者，携带着当下现实的锋利的思想，向禅发出了尖锐的问，而禅没有回避，不再回避；不再“菩提本无树，明镜亦非台”，不再“本来无一物，何处惹尘埃”——如此的玄机固然让人生敬，一如千年之刃隐在鞘中让人产生无限的玄想与敬意，但毕竟总有“十年磨一剑，霜刃未曾试”之憾。这本《观照，一个知识分子的禅问》不仅没有，而且抽刀断水，锋刃闪闪，现实与禅两刃相交，火花飞溅。禅竟与现实一点不隔，不仅不隔，差不多总是以“光”的速度直取现实疑难或公案之核心，无障无碍，直心直取，形而下与形而上，世间法与出离心，如两个舞者，一来一往，让久饥的心大快朵颐。问者是著名的文化记者孙小宁，答者是台湾禅者林谷芳。多年前二人已有过一次“交锋”，有过一本《如实生活如是禅》，望题生义，即可知是禅与生活的对话，虽然一样精彩，但在我看来还有某些方面不解渴，比如对当今公共现实的内心困惑，一个知识分子如何自处于当下，如何确立自己的立场……而这本书直指这些问题。

孙小宁的所有问题都是我的问题，比如当今只要成功，什么都不管，究竟是一种什么东西？修行是否意味着意义的减少？都舍了事情谁来做？在微博上是否要跟群体太过连接？如何看重大的善恶？如何“看尽道场乱象而不失道心”？自由、普世之迷思，当下知识分子的思维是否过于西方化？还有，如何看乔布斯？如何看胡兰成？如何看仓央嘉措？如何看安乐死、废除死刑？真相能否还原一个人？为什么藏族人拍宗教电影会比汉族人拍得自然轻松？……这本书的腰封上有这样的文字：“时下中国最焦虑的议题，最焦灼的话题，一个知识分子，一个禅者，一叩一应问；怎样破除一端的执着；讨论式社会；如何不死于句子，不困于概念？”我以为并不过分，是该书真实的反映，正因为真实，才有足够的震撼：禅何曾如此入世？何曾如此介入当下的现实、当下的思想？历史上似乎从未有过。面对社会公共问题、公共现实、思想界，禅一直是深藏在刀鞘里的，甚至人们习惯了它的伟大、它的价值就在于在刀鞘里供人参悟，供人平静，最终让内心的问题化为无形。以至让人从不敢想，禅要是面对了上述那些公共问题怎么办？禅能行吗？不行，或不面对我也很尊敬它，但如果真的面对了我会更加尊敬它。如果它能穿透现实的迷障，澄清内心，与当代人一同思想，我的尊敬将没有半点保留，没有半点遗憾，我的尊敬就是绝对的，并且是世界意义的。

读完本书，我不得不感慨，某种意义上说，这次禅的出鞘是孙小宁逼出来的，最开始禅者林谷芳依然是禅的一贯作风，并不想“接招”，并不想出刃，但是机缘已现，孙小宁与林谷芳有近二十年的交往，孙小宁深入了禅，但并没解决知识分子的疑难，不仅没有，反而越来越深重。孙小宁是双向的，现实与禅深深地纠结在一起，以至林谷芳不能不回答。林谷芳回答了，回答得如此精彩。如果说我过去是通过叔本华、海德格尔、德里达感到了佛掌的辽阔，那么这次我同样感到了，我内心某种深藏的遗憾倏然消失，代之以真正的内心的宁静。

《观照，一个知识分子的禅问》的思想密度极大，每个问题、每个公案都值得深究。公共的问题很容易公共地回答，但禅是个人的修行，在场的回答似带着禅者的血肉，同时这血肉又是智慧，如此鲜活，在我也是前所未有的沐浴。不能不提到《和尚与哲学家》这本书，它是一个西方的思想者与东方的禅者关于世界的问答，如今我们也有了类似的书，我不知道这里面有什么缘起，但不管有还是没有,我觉得一切都是水到渠成。孙小宁在送我的书上写道:“这是我的‘和尚与哲学家’,希望你喜欢。”我不仅喜欢,而且欢喜。

2013 年

超越现实的“巨兽”

跟李静认识很多年了，虽然平常见面并不多，但是每次只要见面，都聊得很深入。印象最深的是十年前，我们一同去了川西环线，在长途车上，我们坐在一起，谈一位叫作迪伦马特的剧作家。我在上世纪 80 年代看过迪伦马特的剧作，他的一部当时很有名的戏剧叫作《贵妇还乡》。我对这个作家印象非常深，因为他的作品带有荒诞色彩，将悖论写得很有智慧。他的戏剧和一般人的戏剧不一样，有一种说不出来的味道，他在某种意义上和卡夫卡非常接近，作品反映了人的尴尬、荒谬的处境。但是多年后，我就把这个剧作家给淡忘了。那次在车上，李静和我谈起迪伦马特，一下提醒了我，迪伦马特对我们的现实、我们的文学、我们的文学观都有现实意义。这首先表现在迪伦马特和现实之间有某种超越性的关系。中国作家总是深深地陷于我们的现实，有时候现实会对我们有一种规定，我们自以为表达得很深刻了，别人也会鼓励说,表达得很精彩。如果你不接触迪伦马特的作品,你会觉得已经很满足了。但是你一旦接触,就会突然发现,你还是在一个小房间里,或者你脑袋上是有一个罩子的。迪伦马特这样的作家,让人一下子意识到,我得突破这个,必须更形而上、更人类一些。其实,一个作家除了完成时代交给你的责任,完成现实交给你的责任,还要完成文学本身交给你的责任。这个责任在某种意义上来说是一个更大的责任。

李静一直没忘记迪伦马特,最近她在她的新书《必须冒犯观众》中再次谈到迪伦马特,谈到现实关怀、游戏精神与超越性,说明李静一直有一份完全属于文学的清醒。在批评家里面,能够既强调启蒙又强调游戏精神即超越性的人不多,李静是一个。《必须冒犯观众》清晰地描述了李静不是一个单纯意义上的批评家,她从一开始就有一个思想的起点,是从思想的起点进入文学的。李静的批评带有某种思想色彩,这在中国——特别是女性批评家里面非常难得。我拿到这本书跟李静开玩笑说,读你这本书让我想到苏珊·桑塔格。当然不完全是玩笑,它也表明我对批评家的期待,我觉得建立在思想上的学问才是可靠的有力量的学问。有些人的才华不是建立在思想上,而是仅仅建立在情绪上,思想的维度就差了一些。

我一边读李静的书,一边反思自己的创作。这本书涉及了非常多的问题,它有一个时间跨度,从 2003 年一直到 2013 年,这正好契合了我们当代文学思想发生巨变的时代。李静这本书贯穿了这个时代的很多问题，譬如说，作家和政治到底是什么关系？和现实又是一种什么样的关系？书里写到了米沃什，我们中国的作家有时候也存在两难的写作，到底是冲到政治里，还是回到象牙塔？我们当下这种现实确实不容作家忽视，如果躲到象牙塔里，这样的作家可以说是不正常的。我觉得作家首先应该是一个正常人，你感受到了什么，就应该做出你的反应，这是正常的。如果没有反应，完全回到自己的象牙塔，这是不正常的。同时是否要过度反应？是否要进行专业的反应？李静通过米沃什把这个问题说得非常清楚，让我们看到米沃什就是一个非常正常的作家，当他感到政治这个东西触及他的时候，就会做出激烈的反抗，这种反抗代表了很多人的反抗。所以他在某种意义上也被认为是一个政治性的诗人。但是除了政治方面让他感到触动和压迫，还有很多其他的地方压迫他，他也会用诗的方式继续沿着这些问题——包括人类终极的问题——去深究。所以在某一阶段，他在政治上冲得很靠前，但是从文学的角度，他说："够了，我对政治和现实已经做出了非常透彻的文学批判，发出了我应该发出的声音，我不会一直发出这样的声音，我还有很多声音需要发。"所以，我觉得这本书里的这篇文章，实际上就是通过对米沃什的例子分析，阐述了作家和政治的关系。

《必须冒犯观众》里还有一个我感兴趣的题目，就是关于长篇小说的话题，我觉得这也触及了一个非常重要的问题。当我看到书中出现了一个叫作“公共现实”的词语时，我非常敏感。这篇文章是 2005 年写的，而我在去年的一篇创作谈里也用了“公共现实”这个词，我们不谋而合。我过去并没有看到李静这篇文章，这说明我们想到一起去了，而李静要比我早将近十年想到“公共现实”这个问题了。我在我那篇文章里把现实分作两种，一种现实就是公共的现实，例如王立军、诸多重大贪腐就是公共的现实；另一种现实是日常生活中的现实，和每个人都有关系的。后一种现实，用现实主义的方法去创作没有问题，观察得越深入，反映得越细致，越有表现力。而“公共现实”，如果再用现实的手法去反映就不恰当了。“公共现实”某种意义就是“通俗现实”，它被所有人关注，但是和所有人都没有直接关系，这样的现实用现实主义创作方法，写得越像就越通俗，因此作家要另辟蹊径，既要面对这样的现实，还要超越这样的现实去表达。应该说在“公共现实”这个问题上，作家与批评家想到一起了，而我们往往就需要这样共同的思考。

沿着这样的思考，李静在《必须冒犯观众》这本书中进一步提出某些作家，特别是乡土作家，在反映现实方面确实是达到了一种极致的境界、魔幻的境界。但是你仔细一分析，他的核心是什么呢？他的核心是权力如何羞辱我们，权力如何黑暗，还是停留在控诉的阶段。面对控诉，作家有没有主体？有没有用主体性去游戏这种东西？李静把这种东西称为现实的“巨兽”，除了批判它，你是否还有可能站在某个角度上去超越它？戏弄它？就像迪伦马特或这一类具有游戏精神的作家所表现的那样。游戏精神是有主体的，天然就超越了对象，哪怕这对象是“巨兽”。

2014 年

从头说起

拿到舒晋瑜的《说吧，从头说起》，一点也不惊讶，觉得一切都这么自然而然，水到渠成。事实上倒是觉得有些晚了。当然，有些事什么时候也不晚，对有些人就是这样。舒晋瑜就是这样一个人，早也好，晚也好，一切都来得这么自自然然，纯纯粹粹。认识舒晋瑜十几年了，世道无论怎么变，舒晋瑜不变，仿佛舒晋瑜除了生活在一个时代，自己还有一个时代。简直不知道她这个时代是怎么来的，每见舒晋瑜都有些时间恍惚。书业有两个记者，一个是孙小宁，一个就是舒晋瑜，不能想象书业文化少了她们两位，那样这个时代就真成了模糊一片。她们出于时代又有自己的时代，并不是坚守，而是自在。

电话里晋瑜告诉我，她这本书的名字受我去年出版的《说吧，西藏》的启发，"就叫《说吧，从头说起》"，仿佛两本书都有一个认同。对，就是时间。我写了许多年散文，被称"家"也有许多年，而

《说吧，西藏》却是我的第一本散文集，这之前我大概是唯一的没出过散文集的“散文家”。晋瑜与书打了这么多年交道，对话访谈无数作家，写了无数文章，说到自己的书大约也有些感慨，《说吧，从头说起》，这是一个总结性的名字，充满时间感，我理解为什么晋瑜要给我打电话。

当然，“从头说起”还有另一个含义，舒晋瑜不是一个消息记者，不是一个泛泛的访问者、对话者，对一个受访者她要做许多底下功夫，许多问题都要“从头说起”。她描述的是一个人，一个作家，而不仅仅是一本书，即使是以一本书为由头，她也有一种寻根问底，“从头说起”的精神，因此每一个对话、访谈都会给读者交出一个完整的印象。除了案头功夫，舒晋瑜的现场功夫也了得，至少有两次我们对话的场地都是临时的，甚至是在运动中，一次是旅店，一次是在火车上。她一边敲字一边问你，你语无伦次，你都不知道你说了什么，但事后报纸出来你发现，你竟然说得“那么好”，这就是记者的功夫，这功夫不全来自现场，而是来自她对你的了解，她的日积月累，你不知道她心里要做多少东西。我觉得苏童对舒晋瑜有一个评价特别好，他说：“在我印象中，舒晋瑜似乎是一个文学战地记者，她用细腻热情的笔触勾勒文学的硝烟战火，以及文学战士的精神世界。”

《说吧，从头说起》堪称当代作家地图，文学问题地图。由于受访者都是当代活跃作家，许多人贯穿了当代文学，许多文学问题都可在书中找到答案，比如先锋文学转型问题，在与格非的对话中提出来，我就特别感兴趣。舒晋瑜问得好，显然做了充分准备；格非回答得也好，清晰地描述当年先锋的发端——转型问题甚至就存在于发端之中——困境，以及为何重新认识文字，处处可以看到心路历程，以及深层的蛛丝马迹的缘由，让人感到先锋文学转型不是一个小问题，而是一个大问题，与时代、与现实、与文学传统、与读者、与市场、与个体经历有关。研究先锋文学转型可以看到太多东西，而格非应是最好的标本。就形式气质而言，先锋文学走得最远、影响最大的作家除了马原就是格非，而格非的转型也是相当彻底的，他还会不会再转这仍是个问题，甚至是当代文学的一个悬念。这一切都可在舒晋瑜这本书中找到线索，研究者可以按图索骥找到兴奋点。所以在我看来舒晋瑜不仅是战地记者，事实上她也是一个文学的研究者，她的角度无可替代，想绕都不可能绕开。

这本书只是舒晋瑜十几年文学访谈的一小部分，还有更多有待浮出水面。

2014 年

转动所有的经筒

有些文字不能一气呵成，需要慢慢地写，慢慢地想，不断停下来，然后继续。其实有时读也应该是这样，或更该是这样。赶什么呢？我不理解赶的人。即使精神活动，比如转经，你也能观察到，有的人急急忙忙，有的人从从容容，有人一口气拨完一溜转经筒，有人一个个地拨，很慢。在西藏的时候，我不转经，但喜欢那种很慢的转动经筒的人。

读《我转遍所有的经筒》，恍惚觉得自己在转经，而且是那个很慢的转动经筒的人。有趣的是，文中的几个主要题目交叉进行，切成若干段，重复出现，构成全书。一种巨大的交互空间笼罩着你，重复的题目如同重复的经筒分布于交互的空间，而"你、我、他"三位一体的叙述主体，讲述着同一颗漂泊的心。心如莲花打开，有许多瓣，但又是同一颗心。

她是个苏杭女子，一个白领，却漂泊在青藏高原上。不是行走，而是驾车，以一种很现代的方式亲近自然，走向陌生。她说常常没有目的地，也不知道想要做什么，只是随性随意地在那片广袤无边的高原上漂泊着。她是主体也是客体，她常常能看到自己，由于孤独，她是双重的："草原辽阔得没有边际。一条孤独的公路，起起伏伏地伸向远方，看不到尽头。过往车辆很少，大多时候，都只有我一辆黑色奇骏。在高远的天地间，显得那么渺小，渺小得如同一只甲虫，慢慢地爬行在雪山河流和金色草原之间。"

在立体的墨脱，她踩着高高低低的石头，向下，来到河边，坐在一块大石头上，拿出一本书便读起来。一本哲学的书，尼采。河水跌宕起伏发出的轰响淹没了一切，水珠溅起，但她渐渐地忘记了在哪里。杭州、墨脱、尼采这三者怎样统一在一起？一种怎样的时空？这不是表演，无人能看见，每一步都充满危险。就算是表演，也是表演给自己看。一个表演给自己看的人是一个什么人？一个精神至上的人，绝对的人，无畏的人。她的一个同类，一个叫拉姆的汉族女孩，只是因为稍微后退了一小步，便倏忽间消失，随一块小石头掉进仿佛另一重天的澜沧江。

说没就没了。但她还是沿拉姆的足迹走来，踩危险的石头，看江水，放下书，想拉姆，想一种放慢的小石头的消失；想那匹都灵的马，老年的尼采，时而糊涂时而清晰的尼采；想坐在尼采身边的尼采的妹妹，尼采抬起头问哭泣的她：伊丽莎白，你为什么哭呢？难道我们不幸福吗？

想拉姆,尼采那风暴过后的已温和平静的眼睛。

她觉得幸福。

那时太阳挂在西边的天空,发出橙红色的光。

是她与尼采共时的夕阳。

在拉萨,她流连于那些大大小小的寺庙。有时候她远远地看着信徒们磕长头,点酥油灯,看他们口诵六字真言围着转经长廊一圈一圈地转。有时候她会在他们中间,人群像潮水一样推着她向前。虽在同一时空,她与转经人却相互视而不见,她穿着大红色的冲锋衣,但在人群中却像隐身人一样。她转动经筒,但像从另一个星球来的人。

但是她转,甚至有时会停下,再转。

她面对珠峰,以及其他三座八千米以上的山峰:马卡鲁峰、洛子峰、卓奥友峰,它们错落有致,排列成一条由山峰组成的堤坝,即喜马拉雅山脉。“珠峰在前面,时隐时现。当云雾飘开的时候,看到它的形状,像是张开双臂袒露着巨大胸怀。”她在珠峰下危险地病倒,却依然凝视。她吸了氧,吃了退烧药,不敢躺下,就那么靠着,坐在黑暗里,每隔十分钟就喝一次热水,如果躺下可能再醒不过来。

她转了冈仁波齐,去了遥远阿里——西藏之上的西藏。

我也曾到冈仁波齐,只是望洋兴叹,甚至连想都没想过转山,一念都没有,我觉得转山对我是根本不可能的。我的一位友人转了冈仁波齐回来说，差点撂那儿，现在是重生。我曾登过拉萨哲蚌寺后面的山峰，我知道每走一步路的巨大喘息，每一个动作都是慢动作，知道类似死亡的诱惑：一闭眼就会飘起来，是多么的幸福。但是她竟然转了漫长的需要过夜的冈仁波齐，在夜晚的帐篷里，她替一个上海人写遗书，那人病得已拿不动笔，他说一句她记一句，这样的情景在这条伟大的转山路上屡见不鲜。

每个转山者都要有这个准备。

转冈仁波齐几乎是个悖论，为什么还要？

而这就是生命的神秘。

有人的生命已没了神秘，或者更多人是这样。只有少数人或极少数人，生命中还有不竭的秘密或悖论，鱼儿便是一个。她的生命里有无数个经筒，她要去转动，永远不竭地转动，永远着迷地转动，旅途是这样，写作也是这样。她的写作完完全全地体现出旅途的样子，不是通常写作的样子，确切地说所谓专业写作的样子。但又是真正的写作的样子。

真正的写作来源于现实，而非文本。

她的旅行是交织的，立体的，如同众多河流的交叉走向，同时永远有天空映照，是时间与空间双重的移动，绝非平铺直叙。不乏这样生活的人，但能这样写作的人少而又少，即便所谓成名作家能做到这样的也是极少数。在这个意义上《我转遍所有的经筒》让人惊奇，让人认同高手在民间。至少民间存在着高手，而好的文学生态正该如此。如同武林之外的高手不为武林存在，他们自有自己的世界观、人生观。

如果说流水是感性的，河床一定是智性的，而河床与水的关系是互动的，水形成了河床，河床反过来也呈现了水，复杂的河床呈现着复杂的水，让水变得如此多姿，而这多姿也正来自语言的动力。写作，语言与结构，理论上也应是这样：语言是感性的，结构是智性的。但在更多的写作中，事实上两者是分离的，更多的是语言不错，但没有相应的河床。太多一般的、不符合实际的河床充斥着写作，让世界变得简单。

《我转遍所有的经筒》的语言，简洁，灵透，有质感，一如她经常坐在河边注视的水中的石头。石头独立，透亮，但周围又到处是水，波光粼粼，石子却一动不动跳入你的眼睛。换句话说她的语言是带着水的，直让你觉得她的语言不是来自笔端，而是来自水边。同时拥有相应的空间，两者相映，构成了《我转遍所有的经筒》独特的世界。

2016 年

第七辑　词语2014

形式

对形式敏感的人，对内容更犀利。一种新的语言或语言方式，一定有什么东西驱动，对语言敏感的人会看到这里，如同对形式敏感的人。

内驱

内驱的东西决定着许多东西，决定了形式，因此反过来从形式也可以看到内驱。一个陈旧的陈词滥调的形式，内驱也一定烂掉了。特别在景点，绝大多数都是内驱为空的人，无主体的人，发着同样的声音。

光

早晨，净水，十二岁的释迦。一瓶是冈仁波齐峰下玛旁雍错湖的水，一瓶是班公湖的水，都是我亲手所取。此时的霞光尚未照到阿里，但已照到阿里的水。洗洗额头，像鸟一样将嘴伸进水里，吮吸光，是回忆中的姿势。一切远在千里万里，也在眼前，光无所不在，你在光里也是一样的。

这是人与自然的仪式，与天空、水、山的仪式，在神祇面前仪式自然产生。仪式，器物，镜像，光，都是媒。

缘起即联系

清冽的音乐，如雪山水滴，如观音。以前没听出音乐里的观音化身，没听出的太多了，正如无一不是缘起。缘起即联系，形式，给出形式，本质却如一。事实上不用考虑本质，要做的就是寻找缘起，或者也不是寻找，而是双向的，是看到，显现，自在。不存在他者，也不存在自我，而是同时，即自在。

座钟

事物的质感在于事物之间的联系。通常看上去没联系，实际有，找到联系就找到了质感，比如座钟与自行车——它们有联系吗？有的，它们同样是机械，却那样不同，特别对童年不同，一个那样可爱，一个那样可恨。座钟总是叫我们起床，而自行车意味着飞、解放……但到成年二者又相同了，在达利看来自行车甚至就是墙上的挂钟。

超现实之物

实际上，存在的，往往正在相似之处，正在不可能之可能。

灵魂

有人有一种动人的天赋，仿佛天生就为表达，技术为他而存在，他使技法变成灵魂，你难以分清。

司母戊鼎

文字如果写到可触摸的程度，就会感到穿越了时间，所写之物越是古老，你的穿越感就越强。如果你将不可思议的“司母戊鼎”写得感觉好像就在掌心或有风声，你就到了商朝。质感就是词与物的不隔，就是给物一种“场”。人对任何物都有感觉，因此即使穿越司母戊鼎也是可能的，比如当你写到“司母戊鼎的风声”。鼎会有风声？当然了。

世界杯

居然看了一会儿球，世界杯的时间和我醒来的时间差不多，如果不是微博，我会不知道醒来时有世界杯，以前一直是这样。逛了一圈，打开了电视，正赶上内马尔进球。角度很刁，差一手的距离。球，手，门角，微妙，世界就是这么寸，我也知道内马尔了。打开电视下半场正好罚点球，算不算幸运？内马尔罚球时感觉身体像通了电似的在移动，太恐怖了！

就技术与灵魂而言，世界杯才是真正的世界格局，包括非洲！

大家

1998年《大家》上有我的一篇散文，叫《沉默的彼岸》，我在深圳图书城看到。那次去深圳是为写《蒙面之城》踩点，对双子座的什么大厦印象特深。还去了大梅沙、小梅沙，后来都写到书里。一种记忆总是连着许多记忆，时间将一切本无联系的联系起来。本来说《大家》，一下想到这么多，但想到这么多也又是因为《大家》。

语言学

20 世纪哲学的语言学转向,是迄今为止对文学写作最具持久性影响的重大事件,它改变了小说叙事的方向和策略,为新小说写作成功地确立了新的方法论。这个说法虽然冒险,却是有空间的。

把每一个句子写好

无论写什么,把每一段写好,每一个句子写好,这需要心态,心境。一如读经在庙堂与在家是不一样的。一种有回音的,有天顶画的写作,是能读出的。与庙堂写作相对的,是青春张力的写作,一种把激情冷处理、压缩、淬火的写作,这同样也可以把每一段、每一个句子写好。

彻底

这里的工业,调子,品质,像一支老摇滚乐队,具有回忆的味道,退役多年的味道。当年这里无疑是重金属,工业噪音,重摇,现在,一切都沉寂了,连同工厂都老了,歇菜了,只剩下回忆。但就算如此，如灰烬的雕塑品质依然，依然有一种彻底的质地。化成灰也仍如此。反观我们，能如此彻底吗？

兰亭序

兰亭神品，王也不可再。寒食修炼品，更近人，人之道。神品可望，可临，可照耀，形而上之物。

沉着

沉着，不慌乱，秩序，综合起来，体现出一种语感，这对开头部分非常重要。语言的代入感很强，几句话，一种感觉，一个人的样子就勾勒出来，大师都有这种本事。看起来随意，其实也是他们特别着力的地方。

乏味

一个多么乏味的人，放着世界杯不看，看自己的稿子，是否太自恋了？你最关心的就是你的写作，除此没什么能真正进入你的心，占据你。你已达偏执程度，简直强迫症。你放松不下来，不能把自己放在另外某一点上，比如世界都关注的世界杯上。

口语零碎

叙述语言里会有一些口语零碎,通读时应去掉。去掉后语言立刻变得清爽,特别有一种汉语的至简之美。但有时候叙述时还要带上那些零碎,必须带上,因为口语零碎的神秘作用是可力避成语、陈词、司空见惯的书面语,保持语感、叙述气息的流动。这个作用在整体上达成后,口语零碎能去的则去,如此,至简与语气皆可得耳。

专业性

小说的专业性有时体现在对某一行业、某一物品专业性的又是文学性的叙述,会大大提高小说的品质与力量。物的叙述与人的叙述相得益彰,若只有后者则显得过于文艺,物的精准呈现则让人不寒而栗,感到可怕。

功夫

下过大功夫的和没下过大功夫的一看便知,连气息都不同。前者有种扑面而来的饱满,后者则散乱,没有气韵。

简洁

充分之后再简洁，是简洁之道。如果一开始就简洁，简洁主导思维，会遮蔽一些东西。这东西只有充分打开才会显现。让所有东西都放出来，再删削，是一种丰富的简洁，姿态也和简洁主导的叙述颇不同。

落叶

没有什么比文字中的时间感更迷人的，那种触动让人回到过去，与时间同在，与自己的过去同在。为什么落叶最接近回忆，因为落叶像落日一样是一种过往。阅读中如果分布一些落叶，会让人感到与作品同在。写作也应该这样，意识到人的这种本质性的需求。人在现实中常常感觉不到存在，但在回忆中是存在的，这也是回忆为什么动人的原因。

精准

精准是才华与思想的重要指标。精准与准确还不同，准确通常是具体的把握，物体的把握。精准则偏重心理，是人物关系中的一石激起千层浪的张力。准确是放在桌面上的一块石头，精准则是河底的一块石头，一个有水，一个没水，同样清晰，但氛围不同。精准与准确的相同之处是简洁，舍掉简洁，它们毫无共同之处。

严格

在电脑上很难有一种严格的目光，但在纸上则完全不同，天然就有一种严格，好像字与纸有什么神秘关系——字与纸是兄弟，有某种血缘关系。纸对字有一种天然的校对，对错误亦有排异功能。电脑没有，电脑是电脑，字是字，永远不会有一种关系。

心理化

将情节心理化，心理情节化，叙述被心理笼罩，被个性（个性事实上是一种间接的心理）照耀，这方面认真说来我们多数时候还比较差。

泉水

泉水是简单的吗？它是由复杂结构流出的简单。

潜意识

黄昏的张迁。尽管临帖总是充满挫败感,但对潜意识与不可知的塑造还是能感觉得到,一旦解放,所有的自由与任性就有莫名的根据。玉不琢不成器,天性也如此。所谓生命本无意义,重要的是赋予它什么意义,也是如此。

拿破仑

在巴尔扎克的小说里,拿破仑的地位远没有家里的老仆人重要。

黎明

雨中纷繁的鸟叫,比利时,美国,渐亮的黎明,以白色的雾呈现,蒸腾,不凉爽。这个早晨的综合因素如此之多,已不像早晨,不像任何时候,雨,鸟,一样密,简直分不清它们。

失踪的生活

人有时在一种非我状态下非常忙,忙得不知时间哪儿去了,自己哪儿去了,待团身而坐,便有空白之感。因此,所谓“失踪的生活”或“下落不明的生活”,大概即是真实的感叹。

本尊

找到心驰神往的帖不易,可观想,如同本尊。

非洲人

足球是一项野蛮运动,但是把野蛮训练得那么有序,那么精密,在精密中又拦不住地透露出野蛮,这真是一种不可思议的运动。没有一项运动这样整体地身体接触、碰撞、龇牙咧嘴,但又被文明主导,非常像欧洲人、拉美人甚至非洲人,的确不像另一个洲人的运动:既缺少野蛮,又缺少秩序。

点球

点球，极刑，每一次都是死亡。失误、错误、遗憾，规训、惩戒、黄牌，愤怒、失望、沉闷，充满了那么多折磨人的东西、情绪戏剧的东西，这就是足球。

感觉张迁

感觉张迁，心平气和，对视另一种时间。颠覆以前所有笔法，丰富的不确定性，让张迁有种取之不竭的东西。张迁碑确有轴、倔、一根筋的传神特点，它们合起来又构成了浪漫，一种浪漫的轴，甚至天真、幽默。

长篇小说

不写长篇小说了，还是醒得早。怀念写长篇的日子，那是一种场，每每进入还要一种仪式：预热，观察，记录窗外或内在，感悟文本，然后开始。如同进入另一星际，在一种创造的却远未完工的世界的劳动。黄昏收工，如同穿越时空回到地面。早晨发射，黄昏返回，云居，如同酒泉、肯尼迪或拜科努尔。

静汗

伏天，早晨，一身静汗。与太极不同在于时间始终存在，一种古老时间环绕周身，进入体内，完全被占领，出了一身汉代的汗，却不觉。直到结束，汉代消失，汗竟然一点不热。

书者

书者，善之道，法存于善。善是最高的智慧，必馈与人。

心性

即使有些读书不多的人，也会喜欢某种小众的书，甚至读几页就爱不释手。我不知这是怎么回事，在我看来有些书是需要读了不少书才会喜欢的，没有相当的阅读基础、且趣味精神化是不可能读某类书的，但现在看来不能一概而论。有些人读书不多，却颇有心性，这心性超过读了很多书的人，真是怪怪。

弹射状

雾，鸟，主要是麻雀，在湿度中特别兴奋。也许是因渐渐的亮度，也许两者兼有，是一种湿度与亮度的清晨的合唱，很激越，甚至称得上锐利，每一声都如锋如芒，且是弹射状。城里，除了麻雀不能再指望其他叫声，似乎也应该知足。但如此单一的而非多样的兴起，是否也是一种问题？

孤岛

“优秀的批评家与作家与作品的关系，就是智慧与智慧的角力，才情与才情的比拼。”当初与德公素不相识，当听说他用数个月时间读《天・藏》，觉得简直碰上了外星人。他来自孤岛，或者就是孤岛，虽孤却意义重大，使远方与大陆有了某种联系，使大陆还有一个远方。

一层层时间

一层层时间，如页岩一样揭开，不过两年，微博已沉积得像地心一样。拿着小铲，刷子，一点点清理，像考古工作者，却没有回忆。考古工作者从无回忆。自我考古——同样发掘出许多同代人的存在,整整齐齐,像庞贝古城一样完整。微博实际是个深层的展馆,许多都陈列着,一如此刻我们正布展。

货站

记忆中也有这样一个货站,在青年湖公园附近,那时学工劳动在青年湖的一个建筑工地。常去那个货站玩,停了许多黑乎乎的货车,一动不动。甚至不觉得那是火车站,因为从没见过一列驶入或驶出的火车。我们常到尾车上去玩,尾车像一间小房子。但有一次火车突然动了,惊得我们四散,从窗口跳出,像麻雀一样。

陈列馆

把微博一条条清理出来像考古,把清理出来的微博编辑,摆放,像搭一个陈列馆,就在原地。我们以微博的方式存在过,甚至不是以小时而是以分钟存在,如此清晰,一丝不苟。但也正因为如此,越发证明着一种消失性的存在,无此,我们的消失感还不这么清晰。

慢

旋腕,压笔,慢。如骑车,快不是本事,慢是。慢中时间是分解的,时间有了一种形式。当然,快中有更丰富的时间形式,另当别论。

慢是快的根据,任何快中都包含了慢。

不自然

北方,烟雨,树在风中摆动。一场迟到的雨,却仿佛下了很久似的,真会装。期待一场痛痛快快的大雨,暴雨,这才是北方,而不是装出来的南方。自然界也有装的时候,同样不自然。

窗含西岭

晨曦,灯,窗含西岭,开门见山。许多古老的词语和成语应重新解释,因为已完全不是原意。楼与山争夺空间,建筑已不是山很小的或谦卑的一部分,反过来山是。

虚无

教堂，中央大街，折中主义建筑，一点历史的影子，虽然被修改得怪诞，内部完全似是而非，但毕竟存在下来。没有拆毁，这是最重要的，因此哈尔滨还不算是最虚无的城市。然而在大面积的虚无中，这点存在的影子又算什么？存在与虚无不成比例，城市是这样，精神亦如此，有时候表征就是这样准确。

短篇小说

还不知写什么，但已看到曙光，这就是短篇小说。惜墨如金，极简主义，人物故事几乎是残缺的，有这样一种短篇小说吗？极简，故事，应有八大的味道。风格大于内容，至少有一类短篇应如此，那是太高级了。八大实的地方写得特别结实，重，扎眼，简直像内部长出来的，如那几条漆黑的枯枝，笔力如漆。极简主义反而愈需要密度，而密度体现在细节之中。

细节的高密度处理得好，空，留白，才有力量，可无限阐释。那些无可代替的点构成空间结构，整体地体现出强劲主体，就是八大。

在实际操作上，空间感已在胸，具体着力其实才是关键，比如细节内在的密度。趣味,密度,空间结构,三位一体。

极简,节奏很重要

极简,节奏感很重要。节奏缓,谈不上简。而节奏有时是个次序问题,1-2-3-4-5 不是节奏,1-2-4-3-5 就是节奏。章节如此,段落亦如此。长篇是章节,短篇是段落。

种子

记忆如同荒原,也需要拓荒。对散文而言,将拓荒的过程,土地的归拢即是目的。对小说而言则还要播上种子,长出的东西已不是土壤,看起来与土壤无关,虽然来自土壤。简而言之,散文是土壤,小说是种子。

北人南相

南方,北方。南方,诗意,智性,个人体验。但北方也不是没有这样的作家,现代空间,南北很容易在一个作家那儿交互。南人北相,北人南相。格非已有北相,这点倒是不错。北人南相,却是较难,当然是指作品。

米格尔街

《米格尔街》,控制,剪辑,分寸,真是让人在极简中望洋兴叹。一个二十七岁的年轻人,在处理早期经验上,就已达到老年水准,大师水准,真是不可思议。在某种意义上二十七岁的奈保尔就已得诺奖,他的《米格尔街》甚至让人拒绝他的所有其他作品。一部好作品的标志之一就是绝对的排他性,不想再读他别的。

四岁

奈保尔给我的感觉,四岁就开始坐在小凳上弹钢琴,性灵是毫无疑问的,但同时其性灵得到了早期的严格训练,每个琴键的无限重复的训练,他的天才得到彻底开发。生长与训练同在,训练不会压制生长,相得益彰,才有了二十几岁的《米格尔街》。

连贯

临帖临得怎么样单说,甚至字形并不重要,关键拿得稳笔,控制住墨,连贯,这些是无形的东西,练的其实是这个。要慢,不要快,如太极。这个练好,没什么不可以的。

近寺

此字好像是字的最后之境,每字都近寺,可再晚些临。

回到古老的时间

归元,回到古老的时间,打扫潜意识,让其干净。用最少表现最多,吾不能及也,面对《米格尔街》、八大山人,只能望洋兴叹。用多表现多,尚可。用多表现少,不可取。少表现少亦然。

树下

你长眠一棵树下,在云居,安静睡去,不再醒来。你无处不在,又无处不是空。吃一个桃都会想起你,因为你等着。你爱吃西瓜、桃,每次都非常明确,炯炯有神。你长眠一棵树下,山脚下,岩石和树根不好挖,弄不断,空间不大,但与它们更密切,慢慢成为一体。云居,大地,本就是一体,你也是。

中阴

穿越了晦暝的中阴之路，昨天正式告别，我们已在两界，昨天你已到天上。从此如同望月：亲切，遥远；遥远，亲切。还会想念，但已不同。还会一回神看到你的影子，但已不同。还会有许多习惯、细微，但会越来越莞尔。你存在，但在时间之外，或者说，存在着一种时间之外的东西。不生不灭，色不异空，空不异色。

别

诀别后，还有一次别，中阴之别。七天之别，是一次真正的远别，从此如同月亮。这也让人有一种悲怆，平静，必然。

早晨的黄昏

早晨的黄昏，一个老人许多年带着一条狗遛弯儿，是这条路上的固定风景。有一天那只老狗没了，老人自己走。早晨如同黄昏，秋天也一如春天。时间是混乱的。但也未尝不是立体的，没有什么是真正的消失，一切都存在。

淡化

故事淡化后,一切皆成叙事。

强化

当然,强化故事,也可写出很好的小说。对故事型的小说必须强化故事,对非故事型的小说则要注意故事的分寸,故事若太重,别的就不好叙述,如一种色彩太重,就无法与其他色彩平衡,不兼容,分裂。非故事小说是多种色彩的共处,构成一种整体的画面。也有中心,但中心是温和的,呼应的,融会贯通的。

现代性

如何把古老灿烂的文化进行现代性的处理,进而成为我们的方法、凭据和工具,是一个非常大的问题。其实我们在思维、语言、世界观等方面多少都受到古代文化的影响。但在对人性的开掘上,在小说最基本的一些问题上,简而言之是方法论上,古典文化提供给我们的武器确实少,这是我们需要解决的一个难题。

秋天都属于它们

云居,久违的晨曦,雾。秋虫盛大,盖过鸟,层层叠叠,主弦类似一种管乐,黑管,木笛,萨克斯,或它们的混合。九月正是高潮,一如春天鸟的高潮。季节同样会分配声音,只是不知虫鸣高潮何解,何以如此奋力,澎湃?整个秋天都属于它们。喜鹊不时叫几声,但面对盛大的起义般的虫子更像自嘲。

清冽

早晨,云居,这间屋又听到这清冽的音乐,熟悉,又陌生。这样的早晨,听着这样的音乐,完全是背景,写长篇。声音里有如此多的飘忽的记忆,猫,狗,鸟叫,虫,雨,蛙声,所有的季节,雪,雷声,雾,窗外飘过的云,早晨,黄昏。太熟悉的音乐一定不仅仅是音乐,特别是背景音乐和那些记忆是平等的。

一个人在树下

一个人蹲在树下,当雨变成了雾。野菊花开放,叫不上名字,可能是波斯菊、矢车菊、葵菊,也可能不是。叶子还在滴雨。这些采来的菊有不同的雨水。

感光

感光,来自哪儿的光?那空在哪儿?树下,还是光中?深藏不露,又无处不在,它曾沐浴这光,现在又同样发这种光。在光中深藏不露,又是这光的一部分,在树上、树下,路,所有的草中。

三轮车

上中学时喜欢三轮车,学工劳动在革制品厂蹬三轮,上面坐或站七八个人,从车间的大下坡冲下来,猛拐,然后摔倒,人仰车翻,主要是后面还跟着两三辆,那才叫刺激,一片鬼哭狼嚎。然后重来。

逻辑

不合逻辑的事,往往不是不合逻辑,而是逻辑复杂了一些。很多东西都会干扰逻辑,使逻辑扭曲、中断、莫名其妙。但如果最终回到逻辑上,所有的扭曲、中断、莫名其妙,哪怕像迷宫一样也仍是逻辑的一部分。这种事情生活中不多,但会有。

陌生

天在亮，早晨，宁静，但是真正的宁静还要内在支持，唤醒内在。内在是什么？是那因故——种种暂时放下的东西。放时间长了，会非常陌生，唤醒这种陌生并不容易，并不比唤醒岩石容易。有些东西的确已寂静如石，像这外在的早晨。只有唤醒，早晨才成为真正的早晨，鸟叫才成为真正的鸟叫，一切才无别无异。

词语

每次开始，先不要想故事，也不要想人物，先要迷恋于词、句子的构成，从对词语的修改进入，既是兴趣所在，也没有压力，是比较好的状态。另外你所写的东西最好每天都熟悉它，就算不写也要看一看，改上一两个句子，不离不弃。否则它离开你比你离开它快得多，再次找回如同路人。

宣南

宣南住了很长，在前青厂一带，西为永光寺西街，再往西是达智桥、校场口一带，东为琉璃厂，有三十年。所谓"城与年"也是指这里，越来越觉得有些东西非你莫属，记忆，特别是味道。林海音故居，以前有点印象她在南城，不知离我这么近，百度了一下，原来在南柳巷的晋江会馆，与前青厂交叉，太熟悉这里了。小时这条街抄家，游街，常跑来，有一些烟雾般的印象。

现实

最真实的人物和故事，皆源自想象力——这个说法非常好。作家与现实的关系，不是一种直接的关系，可置换为想象力与现实的关系。想象一个人物，一个故事，折射出现实，在这个意义上才可强调想象源自现实。一个平时就关注现实、思考现实的作家，写作时不必强调关注现实，现实就在其骨子里，在想象的飞翔中。

另一种时间

长篇小说是一种专注的事物，几乎是另一种时间。进入这个时间，人会非常简单，甚至在现实中就是一个影子，小说中才是真实的。当你回到现实，比如一天的写作到了黄昏结束，出去遛遛弯儿，如果有一只狗跟着，你会觉得更超现实。那种你和它走在寂静的布满阳光的小路上的感觉，简直像在另一个星球上。

位置

很多时候,读者和作者的位置是一样的,或者作者的问题也是读者的问题。

直线与折叠

直线与折叠:前者是惯性思维,后者是训练的结果。应经常意识到把直线(逻辑)折叠一下,比如写上房这件事,正式开始前应有铺垫,所谓铺垫很重要的内涵就是折叠,蜻蜓点水提一下上房的事,宕开,看起来拐向别处,再回来即折叠。如不,总直线下去一是平,二是累,没有喘息。阅读需要喘息,折叠处正是喘息处。

野菊花

野菊花,秋天的真实。北方,这个季节有许多真实。就连许多水也一样,水落石出,瘦水呈现出山谷本来的样子。鸟越来越清晰,唯虫子越发隐蔽。

重阳的早晨

迷幻，日出与黄。逆光，从山那边转过来，眼前一派喷薄迷幻。秋草，树，云，比例，一下站住了。这是重阳的早晨，就是不同，在这个角度，时间非常短暂，一会儿幻就没了，一切都清晰起来。

中年之境，亦是地老天荒之境，之必然。

确定性

如果音乐以感觉为基础，那么在我看来，小说的音乐性比音乐还要复杂，特别是当赋予小说一种复杂的结构之后，它所释放出的感觉/音乐既具体又丰富，简直是无限的——既有确定性的丰富，又有不确定的丰富。音乐的表达基本是不确定的，抽象的，无法言说的，小说言说了不可言说，同时又以可言说为基础。

清晰度

语言的清晰度与秩序感几乎是无止境的，留白也一样，把握到什么程度，只能靠幡然颖悟：一刀下去。短篇注定有语言的使命，正如长篇有其他的比如结构的使命、不可能变得可能的使命。长篇依着语感就可以了，如色块或泼墨，短篇则必惜墨如金，在小中让人望洋兴叹，感到造物的力量。

明智与冷血

这个国度的人能认识真理，但不坚持真理：真理之外有更重要的东西。权宜，条件，明智，都比真理重要。真理是一种天然有温度的有生命的东西，明智是一种冷血的东西。不以真或真理为中心的文化，一定是一种冷血文化，这方面我们真是博大精深。不坚持真理，事实上也从未认识真理。科学本身需要冷的东西，但投入进去又需要一种执的东西，热的东西。

荒船

大海荒船，仿佛人类消失很久以后，外星人对地球的考古。

神

每写一本书都觉得是最后一本书，写得非常慢，阳光无限重得，《天·藏》尤其是这样。人在写作时就是神居住在身上，一个缓慢而清晰的神。直到送走它，但你的身体也已如一座破庙，直到再有神来住。

迫切问题

出于文体的考虑吧，其次也是结构需要。一直有一种迫切的甚至焦虑的文体意识：形式还能不能创新或出新，这在圈内几乎是一个终结的问题，根本用不着再考虑。让某种绝望越发绝望，问题横在那里，别说出新，连出新的意识都没了。但我一直不这样看，求新求变我认为一直是我们的文学最迫切的问题之一。

异端

我们不缺少影响读者甚至社会的作家，但缺少影响作家的作家。差不多从“五四”以来我们就缺少风格作家、形式主义作家、创新型作家，无论观念上形式上都是这样，观念与形式缺少异端个性风格。没有这些致命的东西怎么影响后世作家？为什么提起外国作家我们总是如数家珍，一说一串？比较起来就是因为我们在文体创新上委实乏善可陈。

倒影

重合与印证，你说出了两个关键词，它们表明了一种写作的可能性，是写作的秘境。我在小说中已讨论过：现实中发生的一切都已在书中发生过。这不是我的观点，是一个伟大的盲者说的。我在《三个三重奏》中写了杜远方住进了出租屋，现实中的副市长就住进去了，他们互为倒影，甚至没有实相，只有倒影。

背后

当然会有写不下去的时候。一种针对生活而非娱乐的写作，一定会有太多的难题。常常是前面没有路，从没人在这儿走过，你将成为路，可怎么走完全不知道。很多时候走不下去，面临绝境，准备放弃，但这时回头看看，你又走了很长的路。路不是在你前方，而是在你的背后，常常是背后的路鼓舞着你向前走。

经验、记忆和野性，最后一样最重要。

保安

你这一说我真觉得那天见过这个保安，真的，他就站在后面，好像不是他一个,是两个。你若不提,我永远不会想起这事。但我绝对看见了。保安,苇岸,里尔克。现在,我甚至觉得苇岸穿着深色保安的衣服,在看你主持的“苇岸和他的朋友”读书会。生活有时真是这样,会安排一些隐喻,让你费解。

无政府

一部小说某种意义就是对生活的掌握,按艾略特的观点:生活是无政府的,混乱的,非理性的,小说就是要为混乱的生活提供一个组织,一个政府。这就需要结构。小说的结构大体有两种,一是通常的故事结构,主要针对的是娱乐,包括时间,地点,人物,事件,高潮,结局,这样的套路就一种结构,最通常的结构。

秩序感

另一种结构是组合结构,是针对艾略特所说的那种混乱的无政府生活的。这种小说当然还要以故事为基础,但故事形态不同:是对混乱生活赋予了一种主体性很强的秩序感。这种秩序感既是开放的,又是一种精心设计的结构,这需要高度的技巧,甚至创新型的技巧,这是对作家真正的挑战,难在找到独属于你的秩序感。

左拉

左拉说知识分子最大的贡献就是保持异议；知识分子的责任就是说出真理，暴露谎言；知识分子从定义上讲是处于对立面的；知识分子是否定性的传播者；知识分子扮演的应该是质疑而不是顾问的角色；知识分子在某种程度上仍然认为自己所持的是准政治的对抗立场；知识分子必然被看作边缘化的批判者。

秋天的眼睛

早晨，秋天的眼睛，落叶，嘟嘟。鸟与虫子齐鸣，远丘高低，唢呐，小号，琵琶，甚至有打击乐，一种大鸟挤出的声音。不过比较远，依然自然。

猎物

在权力场中看权力，是社会学的事，政治学的事，甚至是历史学的事，但不是文学的事。文学的基点是人性，与是否正确、道德无关。文学绝不应图解政治、历史或社会——相反这些都应为文学的表达服务。也就是说，文学应从人性的角度看权力，或从权力角度反观人性。对权力而言,所有人都是它的猎物。

模式化的动物性

一般来说,人性在权力场中往往被最大程度删除,以至具有了几乎模式化的动物性,因此我写作的着力点不在于权力场,而在于权力动物们脱离权力场后的情景,如日常生活或逃亡生活。脱离了权力场,人性必然复归,然而虽然复归了,但权力惯性并未退场,而是如影随形体现在生活的细处,方方面面。

追逐

权力不是体现在权力场,而是体现在日常中,两性中,亲情中,伦理中,血液中,正是我着力表现的,因为这时候人性与权力难解难分,因此也具有了普遍性,任何人都能从中体察出自身的权力性。也就是说,特定的人性必须与普通的人性打通,这是文学所追逐的,也是政治学社会学历史学无法代替的。从权力的角度思考人,人很简单,但从人的角度思考权力,人很复杂,权力也不再简单——这时候权力不仅仅是一个他者的问题,也是每个人的内心问题。

研讨会

《三个三重奏》研讨会，没想到黄子平也来了，他脸上的样子带来一种历史深处的风采，还是那么锐利。让人有一种上世纪80年代归来——历史归来的感觉。他多年在海外，归来的当然又不只是历史。80年代我们没有历史，之前历史是断裂的，空白的，史前一般的，现在我们有了，且是我们自己建立的，这至关重要。

何向阳的"电影、导演高度调度"说新颖，陈晓明的"政治、宗教、哲学维度"与"历史"之说谱系清晰，杨庆祥的"没有形式就没有这部小说"以及在"恐惧"说上与黄子平针锋相对，显示了当代青年批评家的清晰与锐度，不弱80年代，争论很大。

你就是路

如果所有"错误"都因为孤独，"错误"也就有了光。有光的"错误"就是美，或美的范畴。但前提必须是孤独，真正的孤独：一个人面对你所创造的世界，没有路，你就是路，即使迈向的是"错误"。你想象着喧嚣，分享，众多的作者，但这一刻来临，在孤独得到巨大释放之后，突然，那样怀想孤独。

非现实

怎样处理现实与非现实的关系,将是未来严肃文学的发展关键——严锋兄所言极是,现实既是源泉,又是羁绊,甚至陷阱。

注释

的确,注释是一种打断,研讨会上形成了两派意见,一派不习惯,认为不必要,干脆把注释变成正文就得了,一派认为没有注释这部分,话语流转、调度与叙事在小说构思上就不能成立,甚至认为注释得还不够,还应有尾注、边注、眉批之类,黄子平、施战军、何向阳、杨庆祥大体是这派意见。陈晓明、贺绍俊反之。

纯粹得像镜子

一张坚持不住的脸,镜子一样的脸。跟他不熟,只有过一次匆匆的、掠影般的、在多人中的见面,一个握手,一个相互的微笑。这是我对他全部的记忆。一直想有一次深入见面,一直在深远的背景中。耿占春,陈超,这是圈内都知道的两个人。纯粹,经验,智慧,真,它们都是痛的一部分。这张脸,像镜子。生活本身带给人的沧桑，内化于心，外化于容，遮不住、隐不掉的忧郁，正是区别于俗世的干净。“那颗摔出体外的心脏”——也是我们的心脏。

风后

风后，熟悉的场景，接近冬天的晨曦，山中日出。重复，却又像虚构的时光，镜子的时光。所有的重复都具有虚构性质，日出，固定的场景，目光，面孔，当一同升起，便成为另一种存在，无数底片中的一张。多得不可能找到，也用不着，因为重拍也是无限的，差异近于虚无。

超幻现实主义

昨天，阁老峪，现代语境的山村。晚上凤凰读书活动，第一次谈到“超幻”这个词，是前几天（上周五）晤肖涛，谈及中国语境的现实与文学碰出的一个词。那个中午在北四环一个古色古香的茶餐厅，肖涛不经意使用了“超幻”，我们后来突然抓住了这个词：定义我们自己，以及这个国家。

我们总是用魔幻形容中国的现实，对某些写作也总是喜欢套用这个词，但是总觉得又有哪儿不对，甚至很不贴切，然而至少在文学内部一直找不到一个合适的词界定我们的现实与写作。我们面对某种现实常常慨叹“这太魔幻了”，实际上言不及义，但也没有太好的办法。

看不见的城市

对着虚无讲，虚无里又有许多听众，看不见的听众，看不见的城市；听众是真实的，但又必须虚构出来，的确很卡尔维诺，也很三个三重奏。这是一个诗人与官员自杀的时代，颇有隐喻，两者放在一起极其费解。

剥离

如果剥离社会性，你希望这部作品还能带给读者什么——有时衡量一部小说的水准与复杂性，就是要剥离小说的社会性或人物的社会性，看看还剩下什么；如果还能剩下什么或剩下很多东西一定是好小说，有力量的小说。具体到我这部小说(《三个三重奏》)，如果说到深层次的问题，就是这部小说对社会性的依赖还是多了一些。

寸劲儿

凡艰难思考,都有寸劲儿特点,差一点都不行。差一点都不成立,难以为继。主要是要取的核心隐得太深了,要越过所有障碍,而所有障碍又都是核心的一部分,不可能废除它,只能梳理它。佛魔一体,没有了魔,佛也就不存在了。难,也就难在这点。

读者是拼图者

长篇是创世,你怎么看世界就怎么写小说。开头第一句话就是基石,直到第一部仍是,然后从基石发展成主体,延伸并对称出配属建筑,甚至连通的走廊、长廊、花园。读者在某种意义上也是拼图者,渐渐拼出作者的世界。有时拼不出作者的,只拼出了自己的,这也很正常,读者有了强大主体,事实上也就成了作者。

怒江

空间:怒江边上的上世纪 80 年代碧江县城,因搬迁保留了那个年代的样子,现在是一座空城。空间留住了时间,没有空间就没有时间,在这个意义上我们几千年的历史有时候是多么虚无,几百年前甚至几十年前的历史是多么虚无，拆掉了空间也就拆掉了时间，而所有的文字记忆、口述历史、图像都像是虚无的祭祀。步行在这里，虽空空荡荡，但是时间涌来，另一维度的生命涌现，大量的蒙太奇切换。

长篇小说

长篇小说是一口长气，要慢慢吐，边吐边含着，吐得少聚得多，整个气息差不多相当于漫长的太极。要一直压着写，对于太精彩的情节要节制，不能孤注一掷地攻取山峰，因为力气用尽就会形成小说的断气。长篇小说的气息一定是要连着的，看似到山顶又下去了，再慢慢起来，一波一波，到最后虽已很高，但感觉又是下行的。

修辞

图书馆、哲学、数学、心理学、刑侦……在我的小说中，全部是修辞，与“百科全书”式的作家全不相干。我觉得“百科全书”式的作家是一种妄想。“百科”是一种知识结构，非一种文学结构，文学——人，永远是主体，知识不过是一种修辞手段。在某种意义上，“百科全书”式的写作，对文学或作家简直是一种阴谋。

“百科全书”式作家如博尔赫斯,经常用符号和历史事件玩通感。百科对他来说,是修辞手段,也是解构玩具。

早晨的夜

面对早晨的夜,说点什么?冬天可说的不多,昨天拍的叶子主要在地上,树上已经不多,就差最后一场风,一场最后的谈话。即使如此,那也不是我要说的,是自然界,与我无关。早晨,夜,冬,一种排除与退场的时间,除了你,差不多已谈好一切。但你还是醒来,无论多么不恰当。

斐庄欣

斐庄欣上世纪 80 年代的画笔触有力,生命强劲,代表了那个已经逝去的时代,感到一种水落石出。如今整个时代这种东西是如此模糊,不是没有,是被更多东西覆盖。什么不被覆盖呢?艺术家应该抵住这个时代,绝不后退,才会有更大的水落石出,模糊终将过去。

攸关

与我们80年代攸关的人,可以数出的外国男演员还有阿兰·德隆,克拉克·盖博,马龙·白兰度,罗伯特·德尼罗,约翰·吉尔古德,这些人所传递出的东西不亚于书,塑造了“文革”后荒凉的一代人。当然,还有刚刚走的高仓健,带走了那个逝去的年代。

鲜明却又模糊

豆瓣看《三个三重奏》的一种真实的阅读感受:“虽然看这篇小说看得很吃力,却有种动力驱使着我将它看完,且掩卷沉思:有对叙事结构的叠加、立体、交错的新奇迷茫,有对叙事内容的丰富通俗却又博大深刻的感慨与困惑。人物性格也是这样,说鲜明却又模糊,杜远方深刻,谭一爻冷峻,各有千秋,却都怪异和神秘。”看来至少对一部分读者来说,读《三个三重奏》是吃力的,这个有点没想到。

宽沟

宽沟。这么早就醒了,幸好还有音乐,如同经声。舒伯特:第21钢琴奏鸣曲D960,海布勒演奏,1967年的录音。音乐,经声,在这样的早晨是一致的。1967年的录音,或者更早,更晚,就在此刻,或未来,有区别吗?同寺院里任何时辰的经声有区别吗?轻轻的音准与音符与同样的吟诵本就是一体。海布勒演奏,舒伯特钢琴奏鸣曲D960。

轮椅

从“路上的书”到“轮椅上的书”,是必然的吗?现在坐在“轮椅”上,难以想象写过一本“路上的书”,事实也是如此,写完《蒙面之城》立刻觉得自己老了,风化得非常快。的确,有时候,一个人会是另一个人。

咖啡馆

陈村:昨日下午去作协开会,照例收到好些书。散会时离晚上的活动还有两个多小时,遂在玛赫咖啡馆室外坐着抽烟读书。

《三个三重奏》,宁肯写得好,结构颇具匠心,穿插叙事,很好读。好久没这样正襟危坐酣畅淋漓读书了。中间居然与“@那多”和“@赵小姐失眠中”狭路相逢,不经意中展览前辈的好学。

极简主义

夹角与线,极简主义,早晨,水墨。面对简单,现场,抽象,有时只有词,没有句子。但同时因光的出现,句子在产生。如同光从背后来,句子也是背后产生的。面对大海,简单,用词语写生,没什么可写的,但还是写出很多。

没有大,很难有简。

厌恶

政治最让人厌恶的地方是它的非政治,比如恐怖。其让人厌恶的程度,除了死亡好像还没别的可比,一想到或看到这点就感到一种巨大的冰凉。现在一点也不觉得把贪官带走是一件让人高兴的事,没什么可拍手称快的。

南柳巷

西琉璃厂的南柳巷是林海音故居，小时候经常路过，但那时不知。看过电影《城南旧事》也还不知。几年前挂起牌子。一次故地怀想往事，偶然看见牌子，原来此处是林先生故居，感觉立刻旋转起来，整个童年少年像一股风盘旋。南柳巷—北柳巷，琉璃厂—前青厂，一条“十”字街，太熟悉的街。当年看《城南旧事》不知道反映的就是我小时候住的胡同。走好，林先生。

崩溃

时间有时会崩溃。

密度与简洁

密度与简洁，是到思考这个问题的时候了。高于这个问题之上的似乎是风格，在风格面前不存在密度与简洁之问。但如果简洁是一种风格，情况又不同。也就是说，只有无风格时，密度与简洁才是特别需要考虑的问题，而这种情况是非常多的。多数情况简洁比密度好很多，因为什么时候简洁都是不会错的。

留白

留白，冰山理论，是简洁的重要手段，但是否真能解决密度很难说。一般说来注重心理过程的小说很难简洁，很难做到留白与冰山，冰山与留白也很难代替心理，但后者很多时候又是难读的。

窗

临窗视野无穷，在立体的云中，看过数座八千米以上的山峰，包括珠穆朗玛峰。那是在飞阿里时，大江大河，云蒸霞蔚，湖泊如镜，如星际旅行。飞一次阿里，如同出离地球。这都是一孔小窗带来的，世界之大，不过一孔舷窗尔。

牦牛博物馆

至少，牦牛博物馆最初还是电脑上的构图与设想时，我在亚格博的办公室是一个见证者。说实话，当时我虽然口头上称赞（亚格博曾是顶头上司），实际上我觉得是天方夜谭，是一千零一夜，是山海经，精卫填海，我完全没想到三年后梦想照进现实，今年五月牦牛博物馆开馆，我惊呆了：一种现实性的神话出现了。

燃灯节

1985 年在哲蚌看过一次燃灯节,但当时不知是燃灯节,只看到那一晚哲蚌与丹巴突然亮了,异常神秘、诡异,灯火将哲蚌勾勒得清晰、明亮,在整个夜与比夜还深的山影中有一种自然显现的效果。说实话当时有点恐怖,但第二天一打听,知道是燃灯节,是黄教创始人宗喀巴的圆寂日,心里立刻充满敬意,觉得节日就该这样。

丽江

早晨,丽江。与克来齐奥共进早餐,"谈"文学。

相似性

经验来自生活,永远会产生共鸣,但如果来自阅读,就会感觉俗套。经验的相似性是共鸣的基础,这种相似性若来自阅读,则不是可忍受的。比如说一个高人下山收了四个孩子中的两个为徒——这显然是来自书上的经验,其相似性一看便让人倒胃口。但来自生活中的相似性经验则不同,反而会产生认可、共鸣,掩卷而思。

共鸣

当你觉得真实,特别是强烈的真实,就是共鸣产生之时。文学就是要追逐这种东西,建构这种东西,什么时候离开这种东西,也就离开了文学之岸。

大提琴

还有比大提琴更慢的音乐吗?把字写得慢,再慢,就如音乐。

巨大、神秘又敞开

我那时喜欢巨大、神秘又敞开的事物,喜欢它带来的说不清的心理镜像。我记得最迷惘的青春期时喜欢一个人去故宫,不是喜欢故宫的历史,无论明史清史,我那时完全无视历史,不进任何宫殿,不想知道任何故宫的知识,就是喜欢那儿的空间,一个人和一种巨大的空间、荒草、颓砖、几何形的道路,以及天空。

光滑的几何体便缺少一种构成,故宫是对天空的一种对话般的构成,最大与最小都是一种语言。最小的砖,在颓了之后,开始另一种生长。有一种并不觉空旷的密度，但事实上又是多么的空、浩大。那些殿不过是密度与空之上的幻影，如门，石阶，廊，树，但一切又都属于构成。

筒子河

在南长街住过多年，以西华门为界，南至长安街叫南长街，北为北长街，中间分布着中南海、中山公园、福佑寺。街上多是深宅大院，大门总紧闭。也有一些如我这样的普通居民，院子三五户或七八户，后窗能看见筒子河。街上有菜店、粮店、副食店、垃圾桶、修车铺，但是近年这些已经绝迹，只剩下灰色的深宅大院。《沉默之门》写了这里，有一种苍老的风格，按理《蒙面之城》以“青春气息”获成功，应沿着这种成功继续，但迫不及待一掉头转向了苍老，仿佛一夜之间便老了。

世界之外

没什么不能接受的，一切都接受。主要是经历得太多了，什么没有经历过？包括血与火，以及纸醉金迷。有人不喜欢“鸟巢”“巨蛋”“大裤衩”这样一些怪异建筑，在北京的确定性中，它们增加了不确定性、不可把握性，它们昭示：北京不仅是中国的，也是世界的,甚至是世界之外的。

蝇眼

《一步之遥》像蝇眼一样分裂,或蝇眼做的梦。毫无逻辑,语态幼稚,光怪陆离,本身不是“病态”(人文意义),为什么拍成这样却是病态的。难道姜文在说这个社会就配这样的电影吗?这个时代容易被相互取悦,也容易被相互愚弄,大家都不知所措。

历史的癫痫

历史的癫痫——你还记得这句话,我都忘了,应在马叙 798 画展上。

嘟嘟

小区里终于有人问我,你家嘟嘟呢?通常小区人陌生又熟悉。四个月后有遛弯儿大妈这样问我,大妈说原来老看见它在你后面,怎么最近没了?哪儿是最近,四个月了,但陌生又熟悉的时间的感觉就是这样。时间可逆,微博真是好,可以重放,微信是不是就费劲多了?

最长的夜

今天越过了最长的夜，黑的向前的刻度止住，开始后退，天会一天天变长和亮。我们感觉不到，它微不足道，但很多重要的时刻都是这样。那种止住本身是了不起的，改变就更了不起，只是很多事情会像时光这么清晰吗？

冬之祭

树上的舞蹈，冬之祭，一如斯特拉文斯基《春之祭》，黑管，铜管，木管，都在树梢上，然后整体的弦乐，如所有无叶的树枝。鸟飞翔，在音乐之外，与音乐无关。——但怎么无关呢？

有效的组织

人对自身怎么可能没有一个形式感呢？小说就是通过一种形式实现对世界的掌控，生活是混乱的，无序的，小说就是在混乱中提供一种有效的组织，让没有联系发生联系，让不可能变成可能。“三”是一个多数概念，可与生活混乱相对应，但“三”之中的联系性在哪儿呢？这是小说家必须给出的。

范思哲

把范思哲与诺曼·梅勒拉在一起，男人与蕾丝拉在一起，时尚与文学拉在一起，这就是形式。恰不恰当另说，却是一种思维方式，一种敞开，一种将不能变成可能。

疏密

繁简疏密，汉语的单字，空间极大。晦涩与简明，删繁就简，疏密有度，从语言层面是散文的最高境界，从结构或构成层面是小说的至境。

大道至简

虽曰大道至简，但你得由繁入简，没有这个繁，你也简不了。

雕刻感觉

雕刻感觉是最难的，但也最迷人。感觉只可雕刻，不可叙述。雕刻即构成，但不是妙成，就是一笔一笔地雕，抵达，每一刀都是抵达，所有的抵达加在一起就是构成。最复杂的玉也不及感觉的构成的万分之一，因为完全是两回事。玉从不指向心灵，虽然它指向皮肤，但永远隔着皮肤，这就是我们所谓的玉文化。

地铁

在地铁，我阅读是因为时间过得快。在很快的时间读很慢的书，比如《过于喧嚣的孤独》，结果很快就到站了，觉得很诧异。

十五年

我为什么迷恋长篇小说写作？当我开始写长篇小说的时候，我没想到在后来的十五年时间里，我竟然持续地缓慢地写了五部长篇小说。我是一个迷恋时间的人，我的阅读也是从长篇小说开始的，这和我对时间本身的长度的直感是吻合的。也就是说我只有在时间的长度中才能思考，比如说构思小说。

风中岁末

风中岁末，降温，12 月 31 号。似乎须强调一下才能感到今天是这一年的最后一天。似乎风也在强调，不知因何这样强调。就算碰巧不过是一种自然现象,谈不上任何所指,其所指也仍然必不可少地丰富。任何一年都不平凡,这一年所指太丰富了,大风降温就这样自然地承担了一切,一切都在这个风中,包括结束。

城与年

完成《北京:城与年》序言:《我与北京,北京与我》。首篇:《记忆之鸟》。真是一年忙到头,明天腾讯《大家》推出。

2014 年 1 月—12 月

“小说家的散文”丛书

《我画苹果树》 铁　凝　著

《雨霖霖》 何士光　著

《高寿的乡村》 阎连科　著

《看遍人生风景》 周大新　著

《大姐的婚事》 刘庆邦　著

《我以虚妄为业》 鲁　敏　著

《在家者说》 史铁生　著

《枕黄记》 林　白　著

《走神》 乔　叶　著

《别用假嗓子说话》 徐则臣　著

《为语言招魂》 韩少功　著

《梦与醉》 梁晓声　著

《艺术的密码》 残　雪　著

《重来》 刘醒龙　著

《游踪记》 邱华栋　著

《李白自天而降》 张　炜　著

《推开众妙之门》 张　宇　著

《佛像前的沉吟》 二月河　著

《宽阔的台阶》	刘心武　著
《永远的阿赫玛托娃》	叶兆言　著
《鸟与梦飞行》	墨　白　著
《和云的亲密接触》	南　丁　著
《我的后悔录》	陈希我　著
《打败时间的不只是苹果》	须一瓜　著
《山上的鱼》	王祥夫　著
《书之书》	张抗抗　著
《我觉得自己更像个卑劣的小人》	韩石山　著
《未选择的路》	宁　肯　著

（以出版先后排序）